두려움에게
인사하는 법

두려움에게

김이윤 장편소설

인사하는 법

창비

0. 여여의 다이어리

1월 5일

문화 센터 드럼반에 등록하다.^^ 대학 가면 밴드에서 드럼을 칠 거야. 드러머인 나의 모습, 아, 생각만 해도 멋져! 작년에는 "글쎄." 하면서 계속 허락하지 않더니, 이번에는 엄마도 찬성이다. 하긴 목욕탕에서 벗고 있는 여자들 몸 찍느라 요즘 나한테 신경 쓸 시간이 없을 거야. 혹시 그래서 허락한 거 아냐? 나 떼어 놓으려고? 드럼 스틱도 두 벌이나 사 준 거며, 아무래도 수상하다.

1월 20일

주름 많고 늘어진 할머니들의 아랫배가 아름답다고 내게 강요하는 엄마. 우리 엄마는 정말 특이해. 그러니 평범한 시각을 가진 남자가 엄마를 좋아하긴 어려울 거야.

2월 12일

고1이 끝나다. 나는 이제 고2인가? 벌써? 나도 이제 휴대 전화 대기 화면에 내년 수능 시험 디데이를 넣어 두어야 하나?

3월 2일

2학년 4반 8번이 되다. 숫자가 맘에 든다. 매번 두 배씩 늘어나는 인생이라면 얼마나 좋을까. 즐겁게 알차게 2학년을 보내야지. 담임은 경제 선생님. 내가 좋아하는 과목이라서 다행이다.

3월 3일

옆줄에 앉는 세미와 친구가 되다. 나는 왕따인가? 왜 몇 년을 계속 이어서 친한 친구는 없을까?

내가 왕따인 증거: 문자 메시지를 나 자신에게 보낼 때가 있다.

내가 왕따가 아닌 증거: 그래도 문자 메시지를 타인에게 보낼 때가 훨씬 많다. 하긴 다른 애들도 학년마다 친한 친구가 바뀌는 것 같긴 해.

3월 23일

내가 좀 보이시 하긴 하지? 오늘 국어 시간에 별명이 생겼다. 나는 '여여 군', 세미는 '세미 양'.

4월 6일

엄마가 한동안 허리와 등이 아프다더니, 이번에는 속이 불편하단다. 소화제 심부름이 벌써 몇 번째람.

4월 24일

중간고사는 나쁘지 않았다. 주요 과목의 등수는 한 자리로 만들어야 한다. 안 그래도 우리 학교는 이과 반 성적이 더 좋은데, 문과 반 전체에서라도 등급이 높아야 좋은 대학 가지. 성적 올리자, 여여!

시험에 대한 예의를 지키느라 드럼도 석 주나 빠졌다. 그렇지만 드럼을 아예 안 친 건 아니다. 책상 위에 수첩과 책을 늘어놓고 두들겼으니까. 딱딱한 수첩은 크래시 심벌, 두꺼운 영어 책은 베이스 드럼, 얇은 책은 두 권을 겹쳐서 하이햇, 재생지로 만들어서 포근한 책은 내가 제일 좋아하는 스네어. 그리고 톰톰과 플로어 톰……. 인간의 상상력은 위대하다.

5월 12일

수련회에 다녀왔다. 세미와 내가 계속 붙어 다녀서 우리더러 레즈비언이라고 말한 애도 있다. 우릴 '양'과 '군'으로 부르면서, 무슨 레즈? 차라리 게이라고 불러 주는 게 더 나은데! '즐거운'이라는 원래 뜻도 좋고, 게이는 남녀를 구분하지 않는 좀 더 평등한 말이니까.

앗, 한국 사회에서 살면서 동성애에 대해 이렇게나 긍정적이라니, 내가 어느새 엄마네 회사에 세뇌당한 게 분명해.

5월 30일

목욕탕 작업이 마무리되는 중이라 엄마는 요새 정신이 없다. 세미는 사진작가인 우리 엄마가 멋있다는데, 난 전업주부 엄마를 둔 세미가 부럽다.

6월 25일

이제 진짜 열심히 공부해야지 결심했는데, 결심을 가로막는 일이 생겨 버렸다. 이번에는 진짜 심각한 일이다. 검사하러 갔을 뿐인데 그대로 입원을 당한 엄마. 한문 시간에 배운 '천붕(天崩)'이 이런 거구나. 하늘이 무너진다는 천붕.

엄마가 암이라는 소리를 듣고 병원 문을 나설 때, 하늘이 기우뚱하더니, 병원의 기둥도 기우뚱, 내 몸도 기우뚱했다. 엄마가 암이라고? 암은 현대 의학으로 충분히 정복할 수 있다고 하지 않았나?

6월 30일

엄마 퇴원. 주치의는 엄마에게 어떤 새로운 시술을 했지만, 이미 늦었더란다.

7월 5일

엄마가 아프기 전과 똑같이 행농할 거야. 내가 먼저 임마가 아프지 않다고 믿어야 안 아플 거야. 생각이 복잡해서 기말고사 망치다. 특히 수학은 완전 망했다.

7월 23일

신 나야 할 여름 방학. 그러나 고등학생은 모두 감옥에 갇힌 죄수나 마찬가지. 세미와 나는 죄수라는 표시로 가로 줄무늬가 있는 옷을 입기로 했다. 외국 영화 속의 죄수는 다 그런 옷을 입고 있으니까.

7월 31일

엄마는 계속 강조한다. 평소와 똑같이 지내라고. 엄마는 심한 감기에 걸린 것뿐이라고. 낮에 집에 누워 있는 엄마를 보는 게 낯설다.

8월 7일

기운 없이 누워 있는 날이 많던 엄마가 사진을 정리하면서 기운이 나는 것 같다. 엄마네 신문사 창간 기념일에 목욕탕 사진을 전시할 거란다. 엄마는 일중독인가 봐. 일이 많아야 기운이 나다니. 나도 공부 홀릭이고 싶다, 좋은 대학 가게. 진심이다.

8월 16일

아, 벌써 개학이 코앞이네!(공부한 것도 없는데 ㅜㅜ) 개학이 두려운 건 공부를 안 해서만은 아냐. 일주일 후면 엄마가 시골로 요양 간다는 사실이 마음에 걸린다. 그럴 리야 없겠지만, 엄마가 낫지 않으면? 아냐, 불길한 생각은 하지 말자.

1. 무야, 엄마의 병을 가져가 주렴

엄마가 시골에서 지내고 싶다고 하자, 외삼촌은 파주에 집을 구해 주었다. 욕실만 고쳐서 살기로 했는데, 엄마가 요양 가기 한 주전에 정화 이모는 공사가 잘 진척되는지 보겠다고 나를 데리고 그리로 갔다. 산과 들이 푸른 한적한 마을 한가운데 있는 납작한 집이었다. 서울의 동쪽인 우리 집에서는 꽤 멀었다.

공사하는 아저씨들이 점심 드시러 나가고, 정화 이모와 나는 툇마루에 앉아 인부들이 고른 욕실 타일을 늘어놓고 촌스럽다고 불평을 하고 있었다.

"이 집에 누가 온다더니만 이제 온 건가?"

열린 대문으로 사람보다 먼저 수다스러운 음성이 들어섰다.

"난 저 안쪽 집에 살아."

색깔 고운 옷을 입은 할머니는 손에 든 검은 봉지를 건네주며 툇마루에 앉았다.

"그거 옥수수야. 방금 쪘으니까 맛이나 보셔."

"어서 오세요. 그렇지 않아도 이사 오면서 인사드리려고 했는데, 먼저 찾아뵙지 못해 죄송합니다."

"그럼 아직 이사 온 게 아니네?"

"네, 이번 주말에 와요. 오늘은 청소만 먼저 해 두려고 왔어요."

"응, 그렇구면. 새댁이 와? 여긴 딸이고?"

"아이고, 마흔도 넘었는데 새댁이라니요. 이사는 제가 아니고 얘 엄마가 와요. 여기가 공기도 좋고 마을도 아늑하다고 해서 요양 오는 거예요. 형제 같은 친구인데, 아파요."

"많이 아파?"

"네, 많이 아파요."

"음, 죽을병이래?"

"네, 병원에서는 더 이상 해 줄 게 없다네요."

"에휴, 속이 속이 아니겠구면. 나도 우리 애아버지를 이십 년 전에 암으로 잃었어. 의사도 반무당이나 마찬가지야. 영감 죽는 날을 얼추 맞히더라니까! 그런데 죽을 날짜를 받아 놔도 사는 사람은 더러 살더라고. 새댁, 친구가 그렇게 많이 아프면 이렇게 해 봐. 나도 이 동네 시집와서 들은 비방인데, 그렇게 하면 낫기도 한대. 일단 무를 허벅지만큼 굵은 놈으로 준비해야 해. 그다음에 어떻게 하느냐 하면!"

그래서 그 할머니의 별명은 '무 할머니'가 되었다.

*

엄마가 시골집에 이사 온 토요일, 정화 이모는 시루떡과 오렌지 주스를 그 동네 어르신들께 골고루 돌렸고 무 할머니는 답례로 커다란 무를 갖다 주셨다. 세상에, 무는 정말 내 튼실한 허벅지만큼 굵었다.

정화 이모가 돌아가고 외삼촌도 다녀간 뒤 엄마는 커다란 무를 끌어안고 누웠다. 나는 무 할머니가 이르신 대로 무에 수건을 둘러 주었다. 초록색 긴 무청 머리카락과 연둣빛 이마를 가진 무는 치마를 입은 셈이어서 언뜻 보면 인형처럼 보였다.

"엄마는 이대로 무를 안고 자면 돼. 알았지? 옛말은 하나도 그른 게 없다잖아. 그러니까 무 할머니가 시키는 대로 한번 해 보자."

"그래, 그러자. 이런 민간요법은 정겨워. 재밌고."

정작 환자이자 무 요법의 대상인 엄마는 남의 말 하듯 재미있어 하며 눈을 감았다.

피곤하기도 할 거다. 아픈 몸으로 오랫동안 차를 타고 왔고, 여긴 낯선 곳이니까.

다음 날 아침 일찍 눈이 떠졌다. 휴대 전화로 알람을 맞춰 두었는데 알람이 울리기도 전에 일어났다. 잠꾸러기인 내게는 드문 일이다. 창밖이 조금씩 밝아지는 게 느껴졌다. 옆을 보니, 엄마는 눈을 뜨고 천장을 보고 있었다.

"어? 엄마, 언제 깼어?"

"방금."

"잘 잤어? 엄마도 피곤했지?"

"이젠 괜찮아. 몸이 거뜬해."

"엄마, 그럼 무 할머니가 하라신 거 하자. 해 뜨기 직전에 하면 좋다셨잖아."

"그래, 그러지 뭐."

엄마는 일어나 세수를 하고 겉옷을 하나 더 걸치고는 한 손으로 무를 끌어안고 또 한 손으로는 내 팔짱을 끼었다. 우리는 코끝이 매울 만큼 신선한 새벽 공기를 마시며 연하게 내려앉은 아침 안개 사이를 천천히 걸었다. 집 뒤편 언덕은 아직 어둠에 묻혀 있었다.

"엄마, 저기야."

엄마는 내게서 팔을 풀더니 무를 아기인 양 가슴에 비스듬히 안고 나를 내버려 둔 채 언덕을 향해 걸어갔다. 밤나무가 서 있는 언덕 중간 지점으로 간 엄마는 언덕을 향해 무를 휙 던졌다. 그러고는 뒤돌아보지 않고 나를 향해 씩씩하게 걸어왔다.

미소를 띠고 있는 엄마. 모든 일이 다 잘될 것 같아 나도 웃음을 보냈다.

아침밥을 먹으며 엄마가 말했다.

"개운해. 내 병이 그 무 속으로 다 들어간 것 같아. 무 할머니 말씀대로라면 자는 사이에 무가 내 병을 다 가져간 거 맞지?"

"그럼. 그러니까 이제 엄마는 다 나은 거나 마찬가지야."

"그래, 나는 다 나았어."

엄마는 일요일 저녁에 집으로 돌아가라고 했지만 엄마를 혼자 두고 올 수가 없었다. 정화 이모 부탁으로 월요일 아침부터 무 할머니가 엄마의 간병인이 되어 주신다는 건 알지만, 엄마에게 등을 보이고 싶지는 않다. 배신자나 도망자만 등을 보이는 법 아니던가.

*

월요일 새벽, 파주에서 출발하는 첫 버스를 타고 서울로 와서 다시 지하철을 타고 집에 왔다. 머리도 감지 못하고 물 한 잔 마실 틈도 없이 교복을 갈아입고 책가방을 챙겨 마을버스를 탔다. 학교 가면서 머리를 감지 않은 건 입학 후 처음이다. 누가 내 머리에 코를 들이밀고 냄새를 맡을 일이야 없지만, 그래도 찜찜했다.

"숨넘어가겠다. 괜찮아?"

"헉헉, 아직 담임 안 왔지? 휴, 다행이다."

아침 조회 시간에는 늦지 않았다. 세미는 물통을 내밀었다. 세미의 강 여사가 끓여 준, 결명자와 볶은 보리와 볶은 옥수수를 우린 물.

칫, 고소하긴 하군. 하지만 이런 사소한 걸 부러워하면 안 돼. 우리 엄마도 보리차를 싸 준 적은 많아. 어디선가 본 장면을 재연하듯 팔뚝으로 물 묻은 입술을 슥 닦았다. 비교하자는 건 결코 아니지만 모든 걸 떠나서 세미는 좋은 엄마를 만났다. 그건 분명해. 무엇보다 세미 엄마는 건강하잖아. 적어도 암에 걸리지는 않았잖아?

2. 오늘의 이름은 58+1일,
그리고 이 일은 살다 보면 있을 수 있는 일

교문을 나섰다. 누구나 혼자이고 싶을 때가 있는 법. 상담실 청소 당번이라고 기다려 달라는 세미에게 먼저 가겠다고 했다. 엄마는 심각한 일이 생기면 늘 몇 가지 분류법을 사용했다. 엄마가 자주 하던 식으로 이번 사건을 분류해 볼거나.

이번 일은 내가 노력하면 해결할 수 있는 일인가, 아니면 내가 관여해 봤자인 남의 일인가. 그도 아니면 오직 신만이 해결할 수 있는 운명적인 일인가. 그래, 이건 내가 애쓴다고 되는 일이 아니다. 그렇다고 남의 일도 아니다. 이건 운명적인 일이야. 신의 영역인 일.

또 다른 엄마의 분류법으로 나눠 보자. 이 일은 두고두고 심각할 일인가, 아니면 지금은 심각해 보여도 십 년쯤 지나고 나면 아무것도 아닐 일인가. 그래, 이 일은 수십 년이 지나도 마음에 남아 있을 일이다.

"뭐 별거 아니야. 살다 보면 있을 수 있는 일 정도? 우리 전화나 자주 하자."

엄마는 그렇게 말하고 시골집으로 갔지만, 이번 일이 별거 아닌 일은 결코 아니다.

"누구나 죽잖아. 그리고 누구나 불치의 병에 걸려서 죽어. 고로 불치병은 모든 사람이 다 앓는 병이야. 그러니 나는 남들 다 앓는 병에 걸린 거고. 그치?"

엄마는 다시 강조했지만, 우리 반에서 암에 걸린 엄마를 가진 아이는 모르긴 해도 나뿐일 것이다. 엄마는 인간 모두가 결국은 불치병에 걸려 죽는 것이라지만 내 생각에 불치병은 결코 아무나 걸리는 게 아니다.

엄마는 언제부턴가 뒷등이 아프다고 했다. 허리가 아프다고도 했지. 아프다고 하는 횟수가 늘어 갔지만, 무거운 카메라와 짐을 메고 다니는 탓에 어깨와 허리가 자주 아픈 엄마라 별로 마음을 쓰지 않았다. 가끔 어깨를 주물러 드리고 등을 두드려 드리긴 했지만 엄마는 금방 그만두게 했다.

"됐다, 아이 시원해. 고마워. 이제 그만해. 너 힘들어."

더 주무를 수도 있었지만 재미있는 일도 아니어서 엄마가 원하는 대로, 아니 내 속마음이 바라는 대로 곧 그만두었다. 이런 일이 생길 줄 알았으면 고달프다는 생각이 들 만큼 많이 주물러 드릴 걸……

　마을버스에서 내렸다. 엄마가 종종 들르던, 나도 엄마를 위해 종종 들르곤 했던 붕어빵 포장마차는 꽁꽁 싸매진 채 몇 달째 담벼락에 얼굴을 붙이고 돌아서 있다. 붕어빵을 굽지 않는 계절이면 아줌마는 무얼 하실까? 아줌마의 계절이 오면 포장마차는 다시 열리고 붕어빵 냄새가 골목을 가득 채울까. 그때가 되면 엄마는 나에게 다시 붕어빵을 사다 주어야 한다. 꼭, 그래야 한다.

　집 안 온도가 전과 다르다. 아무도 없는 집에 늘 혼자 들어왔지만, 엄마가 일하러 간 것과 요양을 간 건 달라. 거실과 안방의 공기가 '엄마는 떠났어. 당분간 너는 혼자야. 어쩌면 너는 이제부터 주욱 혼자일 수도 있을걸!' 하고 말하는 것 같다. 교복을 걸어 놓으라고 잔소리하는 엄마도 없는데, 교복 웃옷을 벗어서 옷걸이에 걸었다. 치마도 집게로 된 옷걸이에 가지런히 걸었다. 양말을 빨래 통에 넣고, 따뜻한 물에 비누 거품을 내어 손을 씻었다. 엄마가 평소에 말한 대로 생일 축하 노래를 두 번 부를 만큼의 시간 동안 손을 문질렀다. 집에 와서 이렇게 많은 일을 했는데 아직 오 분도 지나지 않았다.

괜찮삼? 같이 있어 줄까?

세미에게서 문자가 왔다.

아니, 학원이나 잘 다녀오셈. 낼 정글에서 만나.

나는 해야 할 일을 했다. 정글에서 내 준 숙제를 하고 냉동실에
서 엄마가 얼려 둔 미역국을 한 봉지 꺼내 저녁도 먹었다. 엄마가
먹으라는 주황색 영양제도 한 알 꿀꺽 삼켰다. 이렇게 잘하고 있는
데도 다들 안심이 되지 않는 모양이다. 엄마가 전화를 했고, 정화
이모가 전화를 했다. 외삼촌이 전화를 했고, 학원에서 쉬는 시간
이라며 세미도 전화를 했다. 게다가 여론 조사 전화가 한 통, 입시
학원 홍보 전화가 또 한 통. 나는 그 어느 날보다 많은 전화를 받았
다. 나는 사랑받고 있나, 관심받고 있나, 아니면…… 아니면, 동정
받고 있나.
　집 안이 너무도 조용한 게 부담스러워 두 무릎을 모아 끌어안고
텔레비전 앞에 앉았다. 앵커를 하기엔 너무 예쁜 여자가 뉴스를 전
하고 있다. 지금 내 귀에 뉴스가 들어오지 않는 건 생각이 많아서
가 아니야. 앵커의 저 예쁜 얼굴이 뉴스 전달을 방해하고 있어. 국
제 유가가 대체 어떻다는 거지? 오른다는 거겠지. 보나 마나 들으
나 마나야. 유가가 내리면 뉴스에서 크게 떠들 리가 없잖아. 무릎

에 얼굴을 묻었다. 국제 유가에 대해서만 생각했는데 눈물이 주르륵 흘러 둥근 무릎 위로 떨어졌다. 오늘은 조금 서럽고 싶다. 잠시만 슬프고 싶다. 그리고 지금은 혼자인 걸 조금만 쓸쓸해하고 싶다.

아무도 봐 주는 사람은 없지만 착한 아이이고 싶어서 11시 반에 침대에 누웠다. 엄마는 저녁에 두 번이나 전화를 했다.

"아이참, 미역국 먹었다니까. 내가 국 종류 싫어하는 거 알지? 그런데도 엄마가 걱정할까 봐 밥 말아서 한 그릇 다 먹었어. 냉동실에 엄마가 국이랑 카레랑 죄다 한 봉지씩 나눠서 얼려 놨잖아. 그거 하나씩 먹으면 일 년은 충분히 먹겠네. 이제 내 걱정은 뚝! 알았지?"

'명랑하게'가 얼마나 어려운 일인지 나는 58일 전부터 알게 되었다.

11시 반에 침대에 누웠지만 계속 돌아눕고 뒤척이다가 세미의 문자를 받은 12시 15분에 자리에서 벌떡 일어나고 말았다. 세미의 잘 자라는 문자에 답을 보내며 나는 나에게 큰 소리로 말했다.

"하루쯤 안 잔다고 죽는 건 아니야!"

사형 선고를 받은 엄마를 둔 딸이 수학 문제집을 들여다보는 것도 우습고, 그렇다고 소설책 같은 게 머리에 들어올 것 같지도 않고, 책상 위에 책만 여러 권 뽑아 놓았다. 정신을 다른 데 쏟고 싶어 만화책도 추리 소설도 꺼냈지만 한 쪽을 다 읽기도 전에 소용

없는 짓이라는 걸 알았다. 눈과 귀를 붙잡아 두는 영화나 미국 드라마, 일본 드라마, 대만 드라마를 생각하지 않은 건 아니지만 그것도 효과가 없을 게 분명했다. 뉴스가 의미 없다는 건 초저녁에 이미 확인한 일이고, 이런 밤에는 다만 만나는 일만이 필요할 것이다. 나 자신과 마주하거나 엄마와 독대하거나.

하지만 어떻게 나 자신을 만날지, 어떻게 엄마를 만날지가 막연하여 컴퓨터를 켜서 오디오 플레이어를 눌렀다. 엄마가 즐겨 듣던 바이올린 연주곡이 나온다. 시디롬 안에 들어 있는 음반. 왜 이걸 안 챙겨 가셨담. 다음 주에 갖다 드릴까. 시디가 든 유리 장을 열었다. 글렌 굴드와 하이페츠, 강동석이 그대로 있고 카살스도 요요마도 남아 있다. 가지런하게 겹쳐 있는 걸 보면, 엄마는 음악 시디를 하나도 가져가지 않은 것 같다. 엄마는 오디오 장을 뒤져 보지도 않았구나. 엄마가 초연한 척해도 실은 아닌 것이다. 그 좋아하는 음악도 생각 못 할 만큼.

"유행가는 너무 노골적이야. 그래서 클래식이 좋아. 원래 내가 좀 예술적이잖니."

드레스를 입고 베토벤의 피아노에라도 걸터앉은 듯 말하던 우리 엄마. 연주자의 차이를 설명하는 건 엄마의 특기이자 허영이었다. 그 특기와 허영이 없다면 엄마는 엄마일 수 없는데…… 그렇다면 엄마는 내가 생각한 것보다 훨씬 더 심각한 단계다.

다이어리를 꺼냈다. 오늘의 날짜에 58 + 1이라고 적었다. 엄마가 더 이상 가망이 없다는 걸 안 건 58일 전. 그리고 오늘은 엄마 없이 혼자 있는 첫날. 그래서 오늘의 이름은 58 + 1일이다.

3. 지나간 일들이 때로 그립다

"같이 가 줄까?"

세미가 한쪽 어깨에 늘어뜨렸던 백팩을 양어깨에 공평하게 나눠 메며 다부지게 물었다.

"그럴 거 없어. 넌 학원 가야지."

"네가 원하면 안 가도 돼. 학원은 빠질 수도 있고, 일단 학원에 갔다가 갑자기 배가 아플 수도 있어. 인체의 신비란 게 있잖아."

"됐네요. 그런 인체의 신비를 강 여사께서 과연 용납하실까? 나, 강 여사님께 찍히기 싫음!"

"그래, 그건 맞아. 우리 엄마한테 찍히면 우리 우정도 끝이야. 그럼 꼭 전화해 줘. 파이팅!"

세미가 몸을 돌리는데, 부르르 떠는 세미의 휴대 전화.

"아, 엄마……. 지금 가요. 네? 주유소 앞에서 기다린다고? 아이 참, 학원에 데려다 주지 않아도 된다니까요."

세미는 '거봐, 하여간 우리 강 여사는 못 말려.' 하는 표정으로 휴대 전화를 가리키더니 잘 가라고 손을 흔들었다.

학교라는 정글을 나온 딸을 다시 학원까지 데려다 주려고 세미네 엄마가 오신 것이다. 저렇게 딸의 스케줄을 체크하는 엄마는 숨 막혀. 하지만 그 숨 막힘이 언제부턴가 자주 부럽다. 더구나 나는 지금 엄마와 떨어져 있지 않은가.

엄마가 세미 엄마처럼 운전을 하게는 될까? 아니 아니, 운전은 안 하더라도, 운전 못하는 엄마를 둔 불평을 다시 한 번 엄마에게 쏟아부을 수나 있을까.

과거는 미화되기 마련이라더니, 우리의 지난날도 그렇게 되려 한다. 중3 때, 외국어 고등학교에 진학하겠다고 학원에 다녔다. 친구들과 조금만 놀아도 학원에 늦곤 했는데, 다른 친구들은 햄버거를 천천히 먹고 수다를 떨고도 늦지 않았다. 그 애들은 운전해서 학원에 데려다 주는 엄마가 있었다. 난 늘 숨을 헐떡이며 지하철역으로, 버스 정류장으로 달려갔다. 운전하는 전업주부 엄마가 없었기 때문에. 그때가 가을이었지, 아마? 공부는 안 되고 성적도 오르지 않고 사사건건 화만 나던 어느 날, 학원에 늦지 않으려고 지하철역으로 달려갔다. 그런데 한 번에 두 칸씩 계단을 뛰어내리다가 그만 철퍼덕 소리를 내며 넘어졌다. 얼굴은 무사했지만 팔과 다리, 가슴까지 아팠는데 엎드려 있는 와중에도 주변에 같은 학교 교복이 많이 보였다. 이런 망신이 있나, 나는 벌떡 일어나 옷을 털 틈도 없이 지하철 안으로 뛰어들었다. 지하철이 츨츨츨 소리를 내며 출발하자 비로소 팔과 다리가 얼얼해지면서 가슴 저 아래서 분노가 올라왔다. 서서히 힘을 키운 분노는 엄지손가락더러 엄마에게 문자를 쏘라고 명령하고 말았다.

운전하는 전업주부 엄마가 있으면 좋은 점.

두 번째 문자부터는 번호를 달았다.

1. 지하철역으로 미친 듯이 뛰어가다가 넘어지지 않아도 된다.

문자 두 통째를 보내자 곧 엄마에게 답장이 왔다.

저런, 넘어졌니? 호 해 줄게. 미안, 그러나 알지? 독립적인 여성이 아름답다는 거.

2. 패스트푸드를 안 먹으니 여드름이 나지 않는다.

그렇게 집에 있는 국에 밥 말아 먹음 되지, 누가 햄버거 먹으래?

3. 대화 부족으로 모녀가 남같이 살지 않아도 된다.

헉, 우리가 대화 부족이었니? 꽈당, 엄마 기절하는 소리―.

4. 시간을 절약할 수 있어서 우등생이 될 수 있다.

자가용이 우등생을 만드나요? 홀로 서는 여자가 진정한 우등생!

하여간 늘 대꾸할 말이 있는 엄마. 강한 여자로 키워야 한다는 핑계로 나를 방목하는 엄마. 더는 참을 수 없어 마지막 문자를 쏘았다. 마치 화살을 쏘듯이.

5. 그런 좋은 엄마에게는 남편도 있을 테니까 나에게도 아빠가 있을 거임.

휴대 전화의 전송 버튼을 누름과 동시에, 이건 옳지 않다는 생각이 들었다. 엄마에게도 마지막 문자는 옳지 않았던 걸까. 답은 더 이상 오지 않았다.

그날 저녁, 엄마가 샤워하는 동안 엄마 휴대 전화의 문자 보관함을 보았을 때, 운전하는 전업주부 엄마가 있으면 좋은 점 다섯 가지가 다 저장되어 있었다. 엄마는 마지막 문자에는 답을 하고 싶지 않았던 것이다. 마음에 걸리는 건 엄마가 마지막 문자를 보관했다는 점. 수신은 했으니 딸의 투정을 받아들이시긴 한 건가.

'엄마, 그런 문자 보냈던 거 미안해. 정말 미안해.'

문자 소동을 벌인 지 이 년이 가까운 지금 요양 간 엄마에게 들릴 리가 없는 사과를 하며 삑삑삑삑, 집 현관의 비밀번호를 눌렀다. 당연히 아무도 없을 거라고 생각했는데 아니었다. 국화 향기가 집에 가득 차 있다가 나를 맞아 주었다.

"어? 꽃향기? 그럼 엄마?"

신발을 벗어 던지며 안방으로 뛰어들어 갔다. 깨끗하게 치워진 안방에는 아무도 없었다. 노란 국화는 내 방에 있었다. 메모와 함께.

아줌마 왔다 간다. 장조림 냉장고에 있다. 끼니마다 잘 챙겨 먹어. 그리고 꽃은 아줌마가 주는 선물!

정화 이모가 다녀가셨구나. 고마운 이모. 아무리 중학교 시절부터 엄마랑 단짝이라 해도 친구 딸에게까지 이렇게 잘해 주기는 어려울 거야. 세미에게 어려운 일이 생기면 나는 정화 이모 같은 우정을 발휘할 수 있을까? 자신 없다. 나에게 어려운 일이 생기면, 세미는 정화 이모처럼 나를 보살펴 줄까? 그것도 자신할 수 없다. 그건 세미가 결정할 문제니까.

정화 이모가 두고 간 것은 노란 들국화였지만, 특별한 상황 탓일까, 나에게는 프리지어로 보였다. 프리지어는 엄마의 꽃이다. 엄마가 좋아하는 노란 꽃, 향기가 진한 꽃. 이른 봄이면 엄마가 내 책상 위에 자주 꽂아 주던 꽃.

"보기만 해도 기분이 밝아지지? 이 향기를 맡으면 왠지 신 나는 일이 생길 것 같지 않아? 얘는 투스텝으로 깡충깡충 뛰어서 남자 친구를 만나러 가는 소녀 같아."

프리지어에 코를 묻은 엄마는, 프리지어를 예쁜 소녀처럼 취급했다.

"엄마, 꼭 본드 마시는 옛날 불량 청소년 같아. 냄새 좀 그만 맡아."

아무리 말려도 엄마는 "흠— 흠—" 이상한 소리를 내 가며 프리지어 향기를 들이켜곤 했지. 아, 그 일도 생각난다. 내가 꽃집을 지나면서 엄마에게 프리지어를 사다 줄까 생각했던 어느 날. 책가방과 우산, 보조 가방, 그리고 5절 스케치북까지 들고 있어서 '내일 사다 줘야지!' 하고 생각했었다. 그런데 하필이면 그날 엄마는 프리지어를 사 들고 와서 내 방에 놓아 주었다. 정말 정말 화가 났다. 엄마는 또 멋대로였다. 내 생각은 아랑곳하지를 않는다. 청소하려고 마음먹고 있을 때 청소하라고 시키는 것처럼, 공부하려고 필통을 막 정리하는 참인데 공부 안 하느냐고 잔소리하는 것처럼 꼭 그런 상황이었다. 기분은 몹시 상했지만 내색을 할 수도 없었다.

"여여, 엄마가 꽃 꽂아 주니까 기분 좋지?"

딸이 감탄해 주길 바라서 엄마가 저렇게 묻는데 어찌 대놓고 화를 낸단 말인가. 다음 날 나는 엄마가 오기 전에 꽃병을 엄마 책상 위로 옮겨 두었다.

"꽃병을 왜 내 방에 갖다 놨어? 네 책상에서 향기가 나야지."

"난 노란색 싫다니까!"

"노란색이 왜 싫어, 태양의 색인데. 여여는 온 세상을 비추는 태양이니까 노란색이 어울려."

말은 그렇게 하면서도 엄마는 내 눈치를 보며 꽃병을 그대로 두었다.

프리지어가 시들기 전, 나는 노란 장미 한 송이를 엄마에게 주었다.

"와! 웬일?"

"그냥요. 어머니는 노란색 좋아하시잖아요."

"화났어? 넌 화나면 어머니라고 부르고 존댓말 쓰잖아?"

"화나지 않았어요, 어머니."

엄마는 알았을까? 프리지어를 선수 쳐서 사 와 버린 엄마를 미워한 게 미안해서 노란 장미로 사과한 내 마음을. 오늘 밤은, 정화 이모가 펼쳐 둔 노란 향기에 취해 아무것도 할 수가 없다.

전학이라도 가서 엄마 곁에 있어야 하는 건 아닐까. 엄마에게 가족이라고는 나뿐인데, 이러고 있어도 되는 걸까. 약은 시간 맞춰 잘 드시고 계실까? 무 할머니가 간호해 주시니 걱정하지 않아도 되겠지?

무 할머니를 생각하자 웃음이 났다. 내가 태어나기도 전에 돌아가셨다는 외할머니는 사진을 봐도 그렇고, 들은 이야기를 종합해 보아도 그렇고, 무 할머니처럼 푸근하진 않을 것 같다.

4. 만성적인 자살 환자의 딸

"우와, 시리우스다!"

청소를 하다 말고 세미가 소리쳤다.

"응? 시리우스?"

"저기 지나가잖아. 고3 시리우스, 몰라?"

"본 것도 같고 들은 것도 같고. 잘 모르겠다."

"내 중학교 동창 은아 알지? 걔네 언니랑 커플이라는 소문 있잖아. 작년에 천문반 반장이었어. 지금은 고3!"

"근데 왜 시리우스야?"

"너 아무것도 모르는구나. 천문반 반장은 다 시리우스라고 불러. 시리우스가 뭐냐 하면! 거 뭐더라……. 하여간 어느 별자리에 있는 별인데, 세상에서 제일 밝은 별이라나? 천문반 반장과 시리우스를 동의어로 쓰는 거야, 걔들이."

"어쭈, 오만한 녀석들일세그려."

"좀 그렇지? 고2 시리우스는 별로야. 고3 시리우스는 언니들한테 인기 많대. 잘생기고 공부 잘하고 착하기까지 하대. 고3 여신 알지? 그 모델 같은 언니하고도 커플이었다나 뭐라나."

"완전 바람둥이네. 그런 타입 딱 질색이야."

"그럼 넌 잘생긴 남자는 포기해야겠다? 난 저런 타입 완전 좋아. 없어서 탈이지."

"야, 그런 말 하지 마. 함부로 남자 사귀다가 큰일 난다."

"또 조선 시대 사람 같은 소리 한다. 솔직히 말해 봐. 너, 엄청난 실연의 상처가 있는 거지? 아님 무슨 말 못 할 사연이라도 있는 거 아냐?"

에그, 철없는 세미가 내 출생의 비밀을 어찌 알랴.

"시리우스라……. 별 이름을 별명으로 부르신다? 거 괜찮네. 우리도 서로 별자리 이름 같은 걸로 부를까? 넌 뭐 할래? 오리온 어때? 아님 큰곰자리도 좋겠다! 강렬하게 전갈?"

"아냐, 그런 건 분위기가 없다. 난 카시오페이아 쪽이 낫겠어."

그래서 세미를 카시오페이아라고 불렀다.

"어, 점심시간이다. 근데 카시오페이아, 어쩌냐. 나 숟가락 안 갖고 왔다!"

"그래, 이 카시오페이아가 너한테 젓가락 빌려 줄게."

그 장난은 재미없어서 몇 번 하다가 관두었다.

세상은 참 재미있기도 하지, 우리의 대화에 잠시 등장했던 시리우스와 마주 서게 될 줄이야.

문화 센터의 수요 드럼반은 시간대별로 세 클래스가 이어진다. 초등학생반, 청소년반, 성인반. 평소에는 청소년반에 다니는데, 이번 주에는 시간을 맞추지 못해서 성인반에 갔다. 전 같으면 빠졌겠지만 엄마 일 때문에 답답해서 뭐든 두드리기라도 해야 숨을 쉴 수 있을 것 같았다. 성인반이니 성인들만 있을 줄 알았는데 그렇지 않았다. 앞으로는 늦으면 성인반에 와도 되겠네. 드럼 패드를 두드리는 사람들 사이로 우리 학교 교복도 보였다. 누구지? 이름표 색깔로는 고3인데 낯이 익다. 꼭 시리우스 같아. 아닐 수도 있고.

드럼 선생님의 구호에 맞춰 호흡 시간을 갖고, 곧 드럼 치기에 몰두했다. 난 대학 가면 반드시 밴드 활동을 해야지. 머리카락을 사자처럼 휘두르는 드러머가 될 거야. 엄마가 드럼 스틱을 좋은 걸로 두 벌이나 사 준 이유는 나더러 열심히 해 보라는 뜻 아니겠어? 대학에 가면 방 안에서도 연습 많이 할 수 있게 드럼 패드도 좋은 걸로 사 달라고 해야지. 드럼 패드 세트를 갖고 싶긴 하지만 지금은 아냐.

*

"사회 시스템 디자인이라니?"

진로 적성 검사 결과가 나온 다음부터 우리 반은 한 명씩 담임 선생님과 상담을 하고 있다. 내 차례가 되었을 때, 선생님은 이다음에 무얼 공부하고 싶으냐고 물으셨고, 나는 사회 시스템 디자인이라고 말씀드린 참이다.

"여여 군이 하고 싶다는 사회 시스템 디자인이 뭔지 이야기해 줄래?"

"새로운 제도를 디자인하고 조정하는 일인데 그런 직업이 있는지는 모르겠어요. 예를 들어서 어떤 제도를 새로 만든다면 그 제도가 어느 계층에는 좋고, 어느 계층에는 불리한지, 새로운 정책이 자연 친화적인지 아닌지 두루 고려해서 모두에게 골고루 이득이 되게 관련 분야를 이어 주고 조율하는 일이에요. 우리 사회를 조화롭게 만드는 게 제 꿈이거든요. 그래서 저는 일단 경제학이나 경영학을 공부할 거예요. 일종의 사회 경영이라고나 할까……."

"허 참, 멋진 일이긴 하다만 그러려면 여러 분야를 공부해야겠네. 어쨌든 경제학이 관련된다니 내 도움이 필요하면 언제든지 이야기해. 선생님은 언제든 여여 편이야. 여여는 선생님 딸이나 마찬가지고 엄마는 다 자기 자식 편이니까."

"헤, 선생님 진짜죠? 제가 사고를 쳐도 선생님은 제 편 들어 주실 거죠?"

"하여간 꼭 이래요. 선생님은 내 딸인 여여가 절대 사고 치지 않을 거라고 믿는다. 경제학이나 경영학을 공부하겠다니 수행 평가에서 어떤 주제를 정하는지 기대할게. 뭐에 대해 발표할지는 생각해 봤어?"

"아니요, 아직⋯⋯."

"경제 논리가 개입하는 주제야 많지 뭐. 주제 정하면 대강 정리해서 미리 가져와 봐."

제2교무실을 나오며 생각했다. 엄마처럼 내 편을 들어 주시겠다고? 거봐, 난 늘 좋은 선생님을 만난다니까. 난 선생님 복이 많아.

*

엄마는 이 주마다 오라고 했지만, 정화 이모를 따라 토요일에 엄마한테 갔다. 월요일 아침에 헤어졌으니 닷새 만이다. 문만 열면 하늘과 풀과 나무가 한꺼번에 다 보인다고, 신선놀음이 따로 없다고, 엄마는 모든 게 좋다고 하하 웃었지만 일부러 유쾌해 보이려고 애쓴다는 것쯤은 나도 금방 알 수 있었다.

"쟤가 언제부터 저렇게 됐을까? 하필이면 쟤가 왜⋯⋯."

엄마에게 약을 먹이고 물잔을 갖다 두러 가는데, 부엌과 이어진 베란다에서 정화 이모가 누군가와 속삭이듯 전화를 하고 있었

다. 발소리를 죽여 물잔을 그대로 들고 다시 마루로 왔다. 그래, 나
도 같은 마음이다. 하필이면 왜 엄마가. 그리고 궁금하다. 언제부
터 엄마 건강에 이상이 생겼을까.

엄마가 입원했을 때 꼬마 의사가 내게 말했지. 엄마는 암 환자
이기 이전에 만성적인 자살 환자라고. 자기 몸을 학대했다고. 그건
인생에 대한 예의가 아니라고.

엄마 병실에 가기 위해 간호사실 앞을 지나는데 그가 좀 보자고
했다. 간호사실로 나를 부른 그 남자를 난 속으로 '꼬마 의사'라고
부르고 있었다. 그는 엄마의 침상 이름표에 두 번째로 이름이 적혀
있는 의사다.

"학생, 날 봐요."

지저분하게 구겨진, 결코 하얗지 않은 의사 가운의 앞가슴 언저
리를 보다가 그의 눈을 바라보았다. 몹시 지친 얼굴로 그가 말했다.

"그래. 그렇게 내 눈을 봐. 학생, 내가 나쁜 사람 같아?"

그가 저렇게 묻는 건 '당신은 나쁜 사람일 것 같아요.' 하는 대
답을 원해서는 아닐 것이다. 그는 엄마를 치료하는 의사들 중 하
나. 비위를 약간 맞춰 준들 손해는 없을 것이다. 나는 가만히 고개
를 저었다. 어른들이 좋아하는, 특히 선생님들이 좋아하는 표정을
지으며.

"그래요. 나는 이제부터 학생에게 중요한 말을 하려고 하는데

혹 오해할까 봐 그래. 나는 학생을 놀리거나 부끄럽게 하려는 게 결코 아니라는 걸 미리 알려 주는 거야. 그런 오해의 소지가 있는 예민한 이야기라면 아예 학생에게 말해 주지 않을 수도 있지만, 이 말은 꼭 해야 할 거 같아. 왜냐하면 환자나 환자 보호자를 대할 때, 내 가족이나 친척이어도 이 결정에 변함이 없을까를 스스로에게 묻자는 게 내 철학이거든. 이해해?"

무슨 소린지 이해 못 한다. 그러나 고개를 끄덕였다. 저렇게 대화를 힘들어하는 이유는 단 한 가지, 내가 청소년이기 때문일 것이다. 그것도 여자인 나는 대하기가 훨씬 불편하겠지. 대개 어른들은 어린이나 청소년에게는 눈높이를 맞춰 주어야 한다는 대단한 의무감을 가지고 있다. 그러나 내 키가 엄마보다 크듯이, 내 생각도 엄마보다 크면 컸지 작지는 않을 것 같다. 저 아저씨는 키가 한 185센티미터쯤 되려나? 꽤 크군. 이 복도를 오가는 사람 가운데 가장 큰 거 같아. 그럼 저분의 마음 사이즈는?

"나는 개인적으로 학생 어머니 같은 환자를 '만성적인 자살 환자'로 분류해요. '만성적'이라는 게 뭔지 알지? 천천히 천천히, 서서히 서서히, 자신을 스스로 죽여 가는 거야. 불규칙한 생활을 하고, 몸에 좋지 않은 것들을 섭취하고, 마음을 잘 관리하지 못하면서 죽음을 향해 다가가는 거야. 모든 중독은 다 만성적인 자살 행위야. 엄마는 약간 알코올 중독이야. 우울증도 있고."

아마 그럴지도 몰라. 나는 고개를 끄덕였다.

"아빠는 안 계시다고 했지?"

다시 고개를 끄덕였다.

"아빠와 엄마가 헤어진 지 오래되었나?"

"……."

"역시 그렇구나. 이런 말 하면 학생이 어떻게 받아들일지 모르겠는데, 많지 않은 내 임상 경험으로는 자궁암은 정상적인 부부 생활을 하지 않는 경우에 더 많이 걸려. 학생도 여성이니까 알아 두면 좋겠지. 건강한 성생활이 몸 건강과 정신 건강에 모두 중요하다는 뜻이야."

세상에, 말도 안 돼. 그럼 세상의 수녀님들과 비구니들은 다 병원에 입원해야겠네? 나는 고개를 절레절레 흔들었다.

"왜? 이해가 안 되는 게 있나?"

"아, 아니요. 그러니까 자신의 몸에 대한 예의를 지켜서 모든 중독으로부터 자신을 지켜야 한다, 그런 말씀?"

"요약을 잘하는군!"

간호사실을 나와 엄마의 병실을 향해 천천히 걸었다.

그래, 만성적인 자살. 그건 맞는 말이야. 엄마는 수시로 술을 마셨지. 이제 와 생각해 보니 내가 기억하는 엄마 모습 옆에는 늘 술이 있었어. 흉하게 취한 모습을 보지 않아서 깊이 생각해 본 적이 없을 뿐, 설거지를 하면서 빨래를 하면서 밤에 사진 정리 작업을 하면서 엄마는 늘 술이나 커피를 마셨어. 어깨가 아프다고 술을 마셨고 잠이 안 온다고 술을 마셨지. 그래서 매주 화요일에 아파트에서 분리수거를 할 때면 우리가 내놓는 재활용품에는 음료수 병보다 술병이 더 많았어. 하지만 분리수거를 내가 하는 건 드문 일이어서 내가 술병 개수에 무심한 동안 엄마는 서서히 자신을 죽여가고 있었구나.

그 의사의 말이 떠오를 때마다 섬뜩해지곤 한다. 그렇다면 나의 죄목은 '자살 방조'인가? 나는 엄마의 만성적인 자살 혹은 점진적인 자살을 방조한 딸인가? '그렇다.'고 비난하는 마음의 소리를 들으며 침을 꿀꺽 삼켰다. 목이 따가웠다.

5. 나의 왼손잡이, 그는 누구일까

정화 이모는 토요일 밤 늦게 서울로 가셨다. 일요일 아침, 엄마는 일찍 일어나 나를 위해 밥을 지었다. 어제보다 컨디션이 좋아 보였다. 엄마더러 좀 누워 있으라고 하고 밖으로 나왔다. 논밭 사이로 난 작은 길을 따라 한참을 걸었다. 쟤는 지금이 봄인 줄 아나 봐. 제철을 잊은 채 피어난 노란 꽃을 한 줄기 꺾었다. 줄기에서 노란 물이 흘렀다. 엄마를 깜짝 놀라게 해 줘야지.

애기똥풀 꽃을 등 뒤에 숨기고 살금살금 방으로 들어갔다. 엄마는 책상 앞에 서 있었다. 인기척을 느꼈을 텐데, 엄마는 돌아보지 않았다.

"엄마, 짜잔! 내가 등 뒤에 숨긴 선물이 뭐게?"

엄마 앞으로 얼굴을 갑자기 들이밀었다. 엄마는 내 말을 듣지 못한 것처럼 멍하니 책상 위만 바라보고 있었다.

"엄마, 뭐 해?"

엄마의 시선이 고정되어 있는 책상 위를 보았다. 머그잔에 담긴 저것은 아마도 술. 색이 그래, 분명 술이야.

"포도주야?"

"비슷한 거. 무 할머니가 담그신 머루주."

갑자기 꼬마 의사가 말한 '만성적인 자살'이라는 단어가 떠올랐다. 동시에 날카롭게 튀어나오는 말.

"엄마, 또 술 마셨어?"

"또라니?"

엄마는 그렇게 말하곤 얼른 입을 가렸다. 구토가 올라온 모양이다. 엄마의 손가락 사이로 풀어지다 만 하얀 알약이 비어져 나오고 있었다. 엄마는 화장실로 뛰어갔다. 그리고 토하는 소리. 몇 방울 떨어진 토사물을 휴지로 닦는데, 엄마가 들어왔다.

"미안! 속에서 약을 안 받나 봐."

"……."

"놀라지 마. 다 이런 거야. 누구나 죽어 가는 모습은 똑같아. 그러니까 특별히 가슴 아파할 거 없어. 암으로 죽는 사람들은 다 똑같은 모습으로 죽어. 외할머니도 그랬어."

딸 하나 데리고 사는 미혼모라면 더 강해야 하는 거 아닌가? 약

하나 제대로 삼키지 못하는 엄마가 싫다. 화가 난다.

"외할머니도 그랬다고? 외할머니는 엄마가 스물다섯 살 때 돌아가셨다며? 외할머니는 술도 안 마셨을 거 아냐. 외할머니는 외할아버지랑 사이도 좋으셨다며. 엄마도 외할머니 같았으면 좋겠어. 술도 마시지 않고, 사이좋은 남편도 있고, 그래서 내가 스물다섯 살 때까지 살았으면 좋겠어!"

때가 좋지 않은 건 알지만, 술을 본 순간부터 꾹꾹 누르고 있었기 때문에 저 안에서부터 솟구쳐 오르는 화를 더 이상 감당할 수가 없었다.

"여여, 왜 그래? 할 말 있구나?"

그래, 이미 이렇게 많은 말을 쏟아 냈으니 마저 해 버리자.

"응, 나, 할 말 있어. 해도 돼?"

"그럼, 물론이지. 뭐든 말해. 어색하고 불편한 말이면 어때? 우리 사이에."

"그래, 그럼 말할게."

불손해 보이지 않으려고 최대한 노력하며 나는 입을 열었다.

"이제 말해 줘야지, 아빠가 누군지. 숨기고 싶은 게 엄마의 권리라면 알고 싶은 건 나의 권리 아닌가?"

지금 아빠 이야기를 하는 건 적당하지 않은 것 같아. 저러다 엄마가 또 토하면 어쩌지?

"역시 그 말이었구나. ……그래, 옳은 말이야. 너도 알아야 할 권리가 있지."

엄마는 아무래도 영화를 너무 많이 본 것 같다. 머루주가 담긴 잔을 빙빙 돌리다가 먼 산 바라보듯 창밖을 보다가 다시 내 눈을 깊숙이 들여다보았다. 말하기가 저토록 거북한가. 그래도 나는 기다려야겠지.

말하기 위해 뜸 들이는 엄마를 보며 나는 내가 가진 권리의 내용을 엄마가 어서 말해 주길 기다렸다. 엄마도 알 것이다. 내가 십칠 년이나 기다렸음을. 엄마는 머그잔을 들어 불쑥 나에게 내밀었다. 마셔 보라는 듯.

"나, 미성년이야."

"아 참, 그렇지."

엄마는 머그잔을 내려놓고 의자에 앉았다. 나도 의자를 끌어다가 엄마의 오른쪽에 앉았다. 엄마는 두 손을 책상 위에 올려 깍지를 끼고는 텅 빈 벽이 나이기나 한 듯이 벽과 눈을 맞추고 말하기 시작했다.

"우린 흔한 스토리였어. 아주 통속적이지. 우리는 사랑했고, 정식으로 청혼을 받은 건 아니지만 받은 거나 마찬가지라고 생각했어. 그런데 아빠에겐 그게 아니었나 봐. 어느 날 보니 나한테 했던 말을 다른 여자에게 똑같이 하는 거야. '영희 씨, 수정 씨, 미숙 씨, 말이 참 없으시군요. 당신의 이야기를 들려주세요. 나는 당신처럼 예술적인 사람이 좋아요. 어쩐지 당신과는 오래 알고 지낼 것 같군요.' 나는 아빠와 오랫동안 알아 왔기 때문에 그 말도 아빠의 진심이라는 걸 알 수 있었어. 그리고 몇 달이거나 반년쯤, 길면 일 년쯤, 아빠는 진심으로 그 여자와 친밀한 관계를 유지하겠지만, 그다음에는 다른 여자에게 또 그러겠지. '전 당신처럼 예술적인 사람이 좋아요. 당신의 속 이야기를 들려주세요. 근데 말이 참 없으시네요.' 그건 네 아빠의 생존 전략이자 유혹의 기술이었던 거야. 나는 네 아빠를 다른 여자와 공유할 수는 없었어. 그건 견딜 수 없는 모욕이었지. 그렇다고 아빠를 독점할 수도 없었어. 깊이 생각해 보니 사람이 물건도 아닌데 누가 누구를 독점할 수 있겠니? 잠시 독점한다고 착각할 뿐이지. 그건 누구나 그래. 그래서 나는 아빠에게 허용한 거야. 유혹의 기술을 자유롭게 사용하라고!"

"피……. 엄마는 인심도 좋네. 연인이 되거나 부부가 되는 건 배타성을 전제로 하는 거야. 논술 시간에 우리도 다 배운 거야. 남들과 공유하면 연인도 부부도 아니지."

"거봐. 여여는 아직 어리다니까. 초기에는 물론 배타성이 중요하지. 하지만 '정'이 깊어지면 다른 사람이 내 남자를 훔쳐 가면 어쩌나 하는 걱정보다 그에 대한 연민이 더 커져. 마치 수십 년 같이 산 노년의 부부 같은 '정' 말이야. '사랑보다 무서운 게 정.'이라는 말, 들어 봤지?"

"헉, 그래서 엄마는 아빠랑 잠시 사귀고도 수십 년 산 것 같은 '정'을 쌓았단 말이야?"

"응, 적어도 엄마 그랬어. 어차피 독점이란 건 존재할 수 없다는 걸 깨닫고 나니까, 네 아빠가 애처롭더라. 그래서 아빠가 생존의 기술을 마음껏 사용하면서 잘 살게 무한한 자유를 준 거야."

"엄마가 차인 거네!"

"아냐, 내가 결단을 내린 거라니까! 한동안 그를 독점한 걸로 만족하면서 인생의 어느 한 시절을 같이 지낸 연인으로 네 아빠를 남기기로 결정했을 때, 바로 네가 나타난 거야. 나는 네가 생기기도 전부터 너를 간절히 기다렸고 너의 탄생 자체는 멋진 일이었어. 나라면 미혼모가 되는 것도 충분히 감당할 수 있다고 생각했지. 그래서 아빠와는 헤어져도 너는 낳기로 한 거야. 아빠가 없는 네 입장은 생각해 보았느냐고 묻고 싶어? 더구나 한국 사회에서 엄마 성을 물려줘 놓고 미안하지도 않냐고 따지고 싶어?"

엄마는 이번에도 멋대로 속도를 냈다. 뒷부분의 말은 내가 해야 하는 말이다. 딸이 따져야 하는 말까지 독차지해 버리는 엄마. 엄마는 자주 지나치다.

"그래, 엄마가 다 아는 거네, 뭐. 난 어려서부터 따지고 싶었어. 엄마는 미혼모인 걸 감당할 수 있는지 몰라도 나는 미혼모 딸인 거 감당하기 힘들었어. 얌전한 미혼모면 말도 안 해. 엄마가 내 엄마인 게 얼마나 쪽팔렸는지 알아? 다른 엄마들은 우아하고 점잖게 차리고 학부모 회의에 오는데, 엄마만 길게 풀어 헤친 머리를 색색으로 물들인 채 야생마처럼 들어올 때 내가 어땠는지 알아? 거 뭐야, 코스프레 하는 애들이나 입는 것 같은 이상한 망토를 입고 나타날 때도 나는 거의 미칠 것 같았다고."

들고 있던 계절 잊은 애기똥풀 꽃을 나는 어느새 손으로 짓이기고 있었다.

"친구네 엄마가 '아빠는 뭐 하시니?' 하고 물을 때도 정말 곤란했다고. 아빠가 있어야 대답을 할 거 아냐. 친하지 않은 친구네 집에서는 '아빠는 회사 다녀요. 에이, 중소기업이죠 뭐. 평범한 샐러리맨이에요.' 이렇게 말하고, 좀 친한 친구거나 많이 배운 부모 같아 보이면 '엄마랑 아빠랑 이혼하셨어요. 보수적인 집안의 종손인 아빠와 갈등이 많아서요. 엄마는 사진작가예요. 여권 신문에서 일해요. 엄마의 철학에 따라 저에게 엄마 성을 붙였대요. 그걸로 재판까지 했대요. 좀 까다로운 엄마죠. 아, 아빠랑은 종종 만나요. 마치 서양 영화에 나오는 집 같죠? 저희 집이 좀 그래요.' 그러면 세련된 척하는 부모들은 더 이상 묻지 않고 고개를 끄덕이긴 하더라. 내가 공부라도 못했으면 자기 딸한테 나랑 놀지 말라고 했을걸!"

"그래, 잘 대응해 왔네, 뭘!"

"그래, 하지만 그건 고등학교 와서 이야기야. 중학교 때까지는 얼마나 힘들었는지 알아? 자, 이제는 말해 줘. 대체 내 아빠는 누구야? 보수적인 집안의 종손은 내가 만든 인물이잖아. 진짜는 정체가 뭐야? 한국 사람이긴 해? 일본 사람? 중국 사람? 혹시 유럽 여행 하다가 만난 건 아냐? 아님, 정자 은행에서 구했어? 아빠 없는 아이를 낳는 게 엄마의 그 잘난 철학이었어? 엄마의 철학을 태어날 때부터 따라야 했던 내 입장은 생각해 봤어?"

이겨지고 찢어진 꽃과 잎이 무릎을 거쳐 발등에 떨어졌다.

"후, 여여는 생각보다 센 상대인걸! ……여여, 분명히 말해 둘게. 나는 네 아빠를 오래 사귀었고, 우리는 사랑했어. 그건 의심하지 마."

엄마는 깍지 낀 손을 풀었다. 어찌나 손가락을 꽉 맞물려 잡았는지, 손등에 손가락 자국이 하얗게 나 있었다. 머루주를 한 모금 마신 엄마는 이 중대한 이야기를 시작한 후 처음으로 얼굴을 돌려 나와 눈을 맞추었다.

"난 네가 딸인 걸 안 순간부터 아무 걱정 안 했어. 적어도 남자들처럼 바보 같지는 않을 거고, 더구나 내 딸이잖아. 멋있는 여성으로 키울 자신이 있었어."

"엄마, 엄마가 생각하는 멋진 여성이랑 내가 생각하는 멋있는 여성이 같을 거 같아? 내 인생은 내 거라고. 엄마가 결정하는 게 아냐."

엄마는 다시 맞은편 벽을 향해 미소 지었다. 엄마는 그 벽에 엄마에게 대들지 않고 말 잘 듣는 또 하나의 여여를 숨겨 둔 게 분명했다.

"근데, 내 아빠는 나라는 존재를 알기는 해?"

"아니, 네 아빠는 널 몰라. 한 번 찾아오긴 했어. 내가 애를 낳았다는 이야기를 듣고 왔겠지. 참 내, 비겁하기도 하지. 자기에게 할 말이 없느냐고 묻더라. 그래서 할 말 없다고 했더니 알았다고 하고 갔어. 가는 뒷모습에서 올 때보다 백배는 가벼워진 아빠의 발걸음을 느꼈어. 내 착각일 수도 있지만, 아무튼 그랬어. 엄마에게 다른 남자 친구가 없었다는 걸 분명 잘 알 텐데 태도가 좀 그렇지? 아빠의 태도를 보니까 네 얘기를 하지 않기를 잘했다 싶고, 헤어진 것도 잘했다는 결론이 났어. 그래서 지금껏 별로 후회하지 않았던 거야. 네 아빠인데 이런 말 하는 거 미안하지만, 나와 너를 감당하기에는 너무 왜소한 남자였어."

이 부분에서 반박하지 않을 수 없었다.

"엄마, 그거 알아? 내가 남자에 대해 이유 없는 미움과 경멸을 가지고 있다는 거. 다 엄마 때문이야. 괜찮은 남자 모델을 보여 주지도 않고 남자들을 무시하게만 만든 거 알아?"

"괜찮은 남자? 없어. 세상에는 비겁한 사내와 비굴한 사내가 있는 거야. 비굴한 사내는 세상은 못 지키지만 자기 아내와 자기 자식을 지키지. 비겁한 사내는 괜히 폼만 재지 그 정도도 못 지켜. 많이 배우고 잘난 척하는 남자들은 대개는 비겁한 치들이야. 그래서 나는 차라리 비굴한 남자들한테 동정이 가. 그렇다고 비굴한 남자를 사랑할 순 없지만!"

맙소사. 그렇게 형편없는 남자들만 있으면 난 어쩌라고? 사랑한번 못 해 보고 혼자 늙어 죽으라고? 아냐 아냐, 일편단심 나만 사랑할 괜찮은 남자가 세상 어딘가에 꼭 있을 거야. 암담해진 마음으로 엄마를 보니 엄마는 여전히 벽하고만 눈을 맞추고 있다.

"여여, 아직도 엄마가 원망스러워? 아직도 서운해?"

"그래, 난 서운해. 엄마는 나를 이용한 거잖아. 한부모 가족 모임에서 회장도 하고 나를 팔아서 평생 동안 먹고산 거잖아. 나는 어떨지 내 마음은 어떨지 생각하지 않은 거잖아. 휴가를 가도 맨날 친이모도 아닌 숱한 이모들에게 둘러싸여서 가고, 데려가는 모임마다 여자들뿐이고, 캠프도 언제나 여성과 약자에 대한 캠프만 보내고. 난 부성 결핍이야."

엄마는 머루주를 한 모금 더 마시고는 작은 소리로 말했다.

"여여를 딸처럼 생각하는 외삼촌이 들으면 서운하겠네. 그리고 진짜 부성 결핍이면 자기 입으로 부성 결핍이라고 말 못 해."

"아냐, 나는 부성 결핍 맞아. 엄마, 내가 세상에서 제일 부러웠던 애가 누군지 알아? 초등학교 때 우리 반이었던 건희야. 아빠가 교통사고로 돌아가신 애. 가족 소개하는 시간에 아빠가 돌아가시기 전에 같이 찍은 사진을 가지고 나와서 보여 주면서 아빠가 보고 싶다고 막 우는데 얼마나 부러웠는지 알아? 그 애는 그리워할 아빠가 있잖아. 추억도 있고 사진도 있고, 어쨌든 아빠를 가졌잖아. 난 뭐야? 아빠가 누군지, 아빠가 있긴 한지, 아빠에 관한 한 난 온통 물음표야."

언제부턴가 나 혼자 소리를 지르고 엄마는 조용했다. 눈을 감고 조금 울었던가. 문득 엄마를 보니, 엄마는 이제 몸을 돌려 나를 마주 보고 있었다. 소매가 넓고 손목 부분은 꽉 조이는 옷 때문인가. 엄마가 팔을 넓게 벌리자 꼭 박쥐 같았다. 안겨야 하는 상황 같아서 일단 안겼다. 엄마의 입김이 귀에 닿았다.

"그래, 여여. 바로 그거야. 나도 살면서 너와 똑같은 의문을 품고 살았어. 나도 온통 물음표였어. 나는 왜 여여를 낳았을까, 여여의 아빠를 사랑한 건 맞을까, 여여에게 미안한 일을 한 건 아닐까? 어떤 날은 모든 게 분명했어. 나는 여여를 원했고 네 아빠를 사랑했고 세상이 두렵지 않았어. 그런데 어떤 날은 모든 게 혼란스러웠어. 나는 여여를 낳고 싶었다기보다 결단력이 부족했던 것 같기도 하고, 여여의 아빠를 사랑했다기보다 모든 걸 주도적으로 결정하는 사람이라는 걸 자신에게 보이고 싶었던 게 아닐까 싶고, 여여에게 미안해서 죽어 버리고 싶기도 했어."

나를 안은 채 엄마는 몸을 좌우로 천천히 흔들었다. 마치 아기 요람을 흔들듯이.

"이해하지? 너도 알다시피 엄마는 평범하고 우유부단하잖아. 엄마 자격도 없는 사람이 엄청난 일을 저지르고 엄마가 되어서 미안하지만, 할 수 없지 뭐, 어떻게 해. 덕분에 여여는 꼬마 철학자가 되었잖아. 아내가 악처여서 소크라테스가 위대한 철학자가 된 것처럼 우유부단한 엄마를 뒀으니 우리 여여는 결단력 있는 철학자가 될 거야. 어때, 엄마한테 고맙지?"

"피." 하고 바람 빠지는 소리를 내며 엄마 품을 벗어났을 때, 엄마 얼굴 가득 번진 눈물을 보았다.

그래, 엄마도 쉽지 않았겠지. 누구나 자신의 선택에 책임을 져야 하는 거라면 그 책임을 지기 위해 엄마는 남보다 더 힘들었을 거야. 남보다 힘든 선택을 했으니, 풀어 가는 과정도 힘들었을 거야. 불쌍한 엄마. 근데 어쩜 좋아, 엄마 생의 뒷부분도 남들보다 힘들게 되었으니…….

"있지, 너만 괜찮다면 사실 나는 병든 것도 맘에 든다!"

"엄마, 또 무슨 소리를 하고 싶은 거야?"

"그렇잖아. 이 비루하고 지루한 인생, 뭐하러 팔십 년, 구십 년 그렇게 길게 사니? 나처럼 꼭 사십오 년 즐겁게 살고 죽으면 좋잖아. 눈 밑이 자글자글해지기 전에 죽으면 딱 좋지. 그런데 네가 스무 살만 되어도 좋은데. 아닌가? 결혼하는 것 정도는 보고 죽어야 자식에 대한 도리 같기도 하고. 아, 모르겠다. 하지만 엄마가 일찍 죽으면 그만큼 일찍 철이 들 테니까 너에게 손해만은 아냐. 너, 엄마 만나서 이래저래 좋은 일만 있다. 그래서 엄마는 너한테 하나도 안 미안해! 난 미안하지 않아…….”

말끝이 뭉개지더니 엄마의 눈에서 다시 눈물이 솟았다.

이쯤에서 내가 정리하지 않으면 엄마는 탈진할 때까지 울고 말 거야.

"그래, 엄마는 미안해할 필요 없어. 그동안 엄마 덕분에 나도 잘 먹고 잘 살았으니까. 이렇게 철학자도 만들어 주고. 고맙다, 엄마한테 진짜 고마워."

휴지를 상자째 엄마에게 건넸다. 상자에서 화장지를 뽑다 말고 엄마가 말했다.

"넌 오른손잡이잖아. 나도 오른손잡이. 네 아빠는 왼손잡이였어. 그러니까 넌 나만의 딸이야."

코를 팽, 소리 나게 풀고 눈을 휴지로 덮어 오래오래 눈물을 닦아 낸 엄마의 얼굴은 세수한 것처럼 맑아져 있었다. 엄마의 저 어린아이 같은 얼굴. 엄마는 아이로 태어나 아이로 살다가 아이인 채로 죽으려나 보다.

6. 왼손잡이가 되고 싶어

"으이, 또 시작이야. 그만 좀 하셔! 그런다고 왼손잡이가 되는 건 아니야!"

왼손으로 볼펜 젓가락질을 시작하자 세미가 질색했다. 볼펜 두 자루를 젓가락 삼아 지우개를 집어 올리는 이 작업은, 의식한 건 아니었지만 아빠가 왼손잡이인 걸 안 후부터 시작했다.

아빠가 왼손잡이라고? 그런데 왜 나는 오른손잡이지? 혹시 아빠가 날 외면했으니까 나도 아빠를 외면하고 싶어서 무의식이 오른손잡이가 되게 강요한 건 아니었을까? 아빠에 대한 거부로?

"샤프고 볼펜이고 잡기만 하면 드럼 치는 흉내를 내더니, 이제 는 왼손 젓가락질이야? 볼펜이 불쌍하다 불쌍해. 얘네들, 자기 분야도 아닌 데서 혹사당하잖아."

"얘기했잖아. 난 왼손잡이가 되고 싶다니까."

"넌 오른손잡이잖아. 강한 오른손 놔두고 약한 왼손에 집착하는 거, 진짜 웃겨. 못 가진 걸 부러워하는 거나 마찬가지야."

"그만 좀 따지세요. 강 여사님은 네가 그렇게 잔소리 심한 거에 대해 뭐라고 하시니?"

"뭐라고 하시긴. 나는 강 여사 앞에서는 조용한 딸인걸. 아니, 과묵한 아들이지. 헤헤."

*

경제 담당인 담임 선생님은 2학기 수행 평가 두 가지에 대해 자세히 설명하셨다. 첫 번째는 각자 하는 주제 발표인데 경제 논리가 개입된 사회 현상을 찾는 과제다. 나는 '다이어트 산업'을 선택했다. 다이어트 산업만큼 경제 논리가 강하게 개입된 분야도 드물지 않겠어? 발표 주제와 내용의 흐름까지 대강의 밑그림을 그려 발표 계획서를 작성했다. 약장사 세미는 자신에게 어울리게 '진통제'를 주제로 택했다. 세미 가방을 뒤져 본 건 아니지만, 가방의 3분의 1쯤은 아마 약이 차지하고 있을 것이다. 아무리 아버지가 제약 회사에 다녀도 그렇지, 약주머니에 약을 가득 넣어 가지고 다닐 건 뭐람. 하긴 덕분에 편할 때도 많긴 하다. 소화가 안 된다고 하면 얼른 소화제를 꺼내 주고, 머리가 아프다고 하면 진통제를 준다. 위로를 주는 색이어서 약주머니를 분홍으로 선택했다는 세미 말에 의하면, 아스피린과 타이레놀 같은 진통제에도 상업 논리가 개입해서 사람들이 과다하게 복용하도록 조종한다나? 그걸 알면서도 세미는 왜 진통제를 잔뜩 가지고 다니면서 나눠 주는 걸까?

"여여, 너 먼저 선생님한테 검사 맡고 와. 난 아직 발표 계획서 정리 못 했어."

제2교무실 문손잡이를 잡으려고 오른손을 내밀었을 때 옆에서 달려온 누군가의 왼손이 내 오른손을 덮었다.

"앗, 미안!"

황급히 손을 뗀 사람은 3학년 시리우스였다.

이렇게 가까이에서 본 건 처음이지만 시리우스라는 걸 그냥 알 수 있었다. 그렇게 잘생긴 것 같진 않다. 근데 왜 3학년 언니들에게 인기가 많다는 거지? 얼굴이 작은 것도 아니고, 키가 큰 것도 아니고, 다리가 긴가? 시리우스의 다리를 내려다보았지만, 그냥 평범했다. 칫, 그렇다면 시리우스에 대한 세미의 정보는 과장 광고? 유언비어?

"먼저 들어갈래?"

그의 자세가 저렇게 어색해 뵈고 불편해 보이는 것은 왼손으로 문을 열어 줘서일 것이다.

몹시도 특이한 인간이군, 그는 목에 망원경을 걸고 있었다. 제2교무실에는 담임 선생님과 수학 선생님이 계셨고, 3학년 선생님도 세 분이 계셨다.

"너 뭐가 문제야? 모의고사 성적이 갑자기 왜 이래?"

3학년 선생님 중의 한 분이 시리우스를 보자마자 가슴 앞으로 팔짱을 끼며 의자를 뒤로 젖히셨다.

"그러게요, 저도 그게 알고 싶습니다."

시리우스는 선생님이 아니라 나를 쳐다보며 말했다.

"김여여, 정리 잘했어. 이제 발표 준비하면 되겠다."

담임 선생님은 발표 계획서를 보신 후 돌려주셨다.

"네, 감사합니다."

고개를 숙여 인사하는데, 정수리에 닿는 시리우스의 눈길이 느껴졌다.

"짜식, 능글맞기는! 너도 그 이유를 알고 싶다고? 성적 떨어진 이유를 네가 모르면 누가 알아? 얌마, 근데 시험도 그 모양으로 본 놈이 웬 망원경은 목에 걸고 다니는 거야?"

시리우스는 고개를 들더니 창밖 저 멀리를 바라보았다.

"이거요? 멀리 보려고요."

멀. 리. 보. 려. 고. 요.

'멀리'라는 말에서, 누군가가 내려친 스틱에 크래시 심벌이 쩽, 채쨍 울렸다. 제2교무실에는 드럼도 없는데 누가 쳤을까. 그 날카로운 금속성 진동에 화들짝 놀라 시리우스를 바라보자, 창밖에서 눈길을 거둔 그는 나와 눈을 맞추더니 한쪽 눈을 찡긋했다. 저건 무슨 의미지? 나한테 그런 건가? 황급히 교무실을 나왔다.

"짜식, 멋있는 척하기는. 네가 무슨 조나단 시걸이라도 되냐? 하여튼 망원경 빼고 야자나 빠지지 말고 해서. 왜 수요일마다 빠진 거야? 여기 야자 좌석표에 사인하고 가 봐. 그리고 7번 오라고 해."

닫힌 문 사이로 3학년 선생님의 말씀이 들렸다.

교무실 문 앞을 벗어나기 어려웠다. 종아리에 3킬로그램짜리 모래주머니라도 하나씩 매달고 있는 것 같았다.

"내가 우습니?"

시리우스가 옆에 다가왔다.

"아니요."

"너 드럼 배우지? 나 너 봤다!"

"네? ……네."

"잘 가라, 후배."

시리우스는 왼손을 한 번 들어 보이고는 사라졌다.

그래, 어쩐지 낯이 익더라 했더니 드럼반에서 봤단 말이지? 크래시의 여운을 다독이느라 천천히, 아주 천천히 걸어 교실로 왔다. 그냥 걸어왔을 뿐인데, 세미가 물었다

"왜 그래? 무슨 기분 좋은 일 있어?"

"응? 무슨 좋은 일?"

"근데 왜 그렇게 싱글싱글 웃어?"

"응? 내가 웃었어? 그냥, 담임 선생님이 계획서 통과됐다고 발표 준비나 하래."

"근데 그게 그렇게 싱글벙글할 일이야?"

"얜, 내가 언제 싱글벙글했다고."

"어이구, 얼굴도 빨개졌어요. 너 열나는구나? 약 필요해?"

세미는 재빨리 분홍색 약주머니를 꺼내 들었다.

"됐네요. 집에나 가자."

모를 일이었다. 세미 말대로 내가 웃으며 들어왔을까? 그렇다면 왜 웃었을까? 담임 선생님하고는 농담도 하지 않았는데? 설마 시리우스 때문에? 선배일 뿐인데, 내가 왜? 크래시 심벌 소리를 헛들었을 뿐인데, 내가 왜?

*

다시 토요일.

이제 두리번거리지 않고 시외버스를 익숙하게 갈아타며 엄마에게 갈 수 있다. 엄마는 창백하긴 하지만 많이 아파 보이진 않는다. 그래, 이렇게 맘 편히 쉬다 보면 나아지실 거야. 세상에는 기적도 있고, 점진적인 치유도 있잖아. 의사가 육 개월 정도 남았다고 한 건 일종의 경고였을 거야. 건강을 잘 보살피라는 위협 같은 거.

저녁밥을 먹고 나서 툇마루에 걸터앉아 엄마와 노래를 불렀다.

엄마가 좋아하는 동요 몇 곡, 내가 좋아하는 노래 몇 가지. 더 부를 게 없을까 생각하느라 하늘을 바라보았을 때 별은 딱 하나만 반짝이고 있었다.

"저 별이 엄마 보고 싶어서 찾아왔나 봐. 엄마는 보고 싶은 사람 없어? 여기로 오라고 부르고 싶은 사람!"

엄마는 오른쪽으로 머리를 기울이고 하늘을 바라보았다. 생각해 보는 것 같았다.

"없어. 네가 있고 외삼촌도 있고 정화 이모도 있고. 더 필요한 사람 없어."

다시 아빠 이야기를 꺼낸다면 위험할까? 지난번에 그 일로 엄마를 너무 괴롭혔기 때문에 자제하려고 했는데 혀가 반항했다.

"혹시 말이야, 이건 진짜 혹시인데, 혹시…… 아빠가 보고 싶지는 않아?"

"헐. 진짜 헐이다. 내가 언제 그런 이야기 했어? 아플 때나 정신없을 때?"

"아니, 그냥 문득 든 생각이야. 혹시 그런 마음이 들지는 않을까 하고. 어쨌든 엄마는 아빠를 사랑했을 거고, 나를 볼 때마다 생각 날 거 같아서."

"음, 그런 면도 있긴 하지. 그래도 네가 열여덟 살이나 됐는데, 이제 와서 그 사람을 만나는 건 좀 우습다. 그것도 내가 아프다고 오라는 건 더 웃겨. 그 정도로 초라하고 싶지는 않아."

"그게 초라한 거야? 솔직한 걸 수도 있지."

"아냐, 그런 이유로 네 아빠를 찾으면 신파야. 완전히 「미워도 다시 한 번」이야."

"미워도 다시 한 번?"

"응, 옛날에 그런 영화가 있었어. 눈물을 억지로 흘리게 만드는……. 사랑하는 남자의 아이를 낳고는 찾아가서 매달리는 여자. 자기 아이를 남자네 집에 보내는 그런 여자. 경멸하던 영화 주인공의 행동을 내가 따라 할 순 없잖아?"

"그럼 어쨌든 찾아가고 싶은 마음이 조금은 있었던 거네?"

"……그런 마음이야 너 키우면서 열두 번도 더 들었지. 네가 아플 때나 너에게 특별한 일이 있을 때 연락하고 싶기도 했어. 그런데 그런 경우도 다 참고 잘 넘어갔는데 이제 와서 찾는다면 그건 구차하게 매달리는 거야. 그럴 필요 없지. 난 그동안 잘해 왔거든."

아빠 이야기를 하는 게 피곤했을까. 엄마는 마루에 눕더니 눈을 감고 두 팔을 가슴에 얹었다. 그 모습은 이제 쉬고 싶다는 뜻이다.

"엄마, 방에 들어가서 눕자. 방에서도 별은 보일 거야."

불을 끄고 엄마 옆에 누웠다. 지금까지 백 번도 천 번도 더 궁금했다. 그리고 지금도 간절하게 알고 싶다. 나의 아빠는 누구일까? 어떤 분일까? 저 별처럼 아빠도 엄마를 방문하고 싶지는 않을까? 혹 엄마는 속으로 아빠가 저 별처럼 이곳에 와 주길 원하지는 않을까? 내가 아빠에 대해 아는 건, 왼손잡이라는 사실 딱 하나뿐이다.

7. 피의 맹세

    일요일 점심을 먹고 서울로 출발했다. 엄마는 얼른 가서 공부하라고 했지만, 저녁 내내 공부는 하지 않고 왼손으로 젓가락질 연습만 하며 보냈다. 굳이 이유를 달자면 같은 시외버스를 탄 부녀 때문이라고 할 수 있을까. 두세 살 되어 보이는 딸을 안고 귀여워서 어쩔 줄 모르는 젊은 아빠와, 아빠가 좋아서 신이 난 아기를 본 나로서는 왼손 젓가락질 연습을 하지 않을 수 없었다.

    내 아빠는 누구일까, 그 생각만 해서인지 가는 곳마다 아빠와 딸이 보인다. 월요일 등굣길 엘리베이터 안에도 부녀가 타고 있었다. 어린이집 가방을 멘 어린 딸과 아빠, 그리고 직장인으로 보이는 딸과 오십 대로 보이는 아버지.

모든 일에는 때가 있다고 하지 않던가. 그래, 지금이 그때인지도 몰라. 아빠에 대한 질문을 더는 미루고 싶지 않아.

학교가 파한 후 무작정 정화 이모네 동네로 갔다. 집으로 들어오라는 정화 이모에게 밖에서 뵙고 싶다고 말씀드렸다. 아파트 상가 카페는 실내 좌석이 텅 비어 있었지만 일부러 가게 밖에 내놓은 파라솔 아래 앉았다.

"우리 여여 공주께서 무슨 일로 여기까지 왕림하셨을까?"

목소리만 밝았지 이모는 불안해하셨다.

돌려서 말하는 게 더 어려울 것 같아 그냥 말했다. 왼손잡이인 내 아버지는 누구냐고, 그걸 알려 줄 수 있는 사람은 이모밖에 없다고. 더는 못 참겠다고, 이제는 알고 싶다고.

"한 번도 그런 얘기 하지 않더니 파주에서 무슨 일 있었어? 엄마가 아빠 이야기 하든?"

"아뇨. 그냥요. 이제는 알아도 되잖아요. 엄마는 어차피 얘기해 주지 않을 거고, 이모가 말씀해 주세요. 이모는 아시잖아요."

"나도 네가 성년이 되면 아는 게 좋겠다고는 생각해 왔어. 네 엄마가 알려 줄 일이라고 생각했는데 그 일을 내가 해야 한단 말이지……."

정화 이모는 꽤 오래 망설였지만 말해 주기 싫어서 그런 것 같지는 않았다.

"어차피 알아야 할 일, 좀 더 일찍 아프면 그만큼 일찍 아물겠지."

이모는 지금 내가 특별한 상황에 처해 있다는 점을 감안했을 것이다. 정화 이모는 아빠가 A 그룹에 다닌다며 이름을 말해 주었다.

"연한 파란색 잉크를 좋아하셨지. 엄마에게 만년필로 쓴 편지도 자주 보내셨단다. 글씨도 참 잘 쓰셨어. 둘은 정말 사랑하는 사이였어. 단지 부부로는 인연이 아니었나 봐. 여여, 받아들일 수 있겠어?"

"그냥 저에게도 아빠가 있다는 걸 확인하고 싶어서 그래요. 염려 마세요. 엄마한테는 모르는 일로 할게요."

정화 이모가 집까지 태워다 주겠다고 하셨지만 억지로 말렸다. 나는 씩씩하다. 정화 이모도 잘 알 것이다.

*

서동수, 서동수, 서동수, 서동수, 서동수…….

계속 그 이름만 중얼거려서일까. 어느 순간부터 썩 익숙한 이름이라는 생각이 들기 시작했다. 그럴 수밖에 없기도 할 것이다. 나는 하늘 저 먼 곳의 어느 세계, 생명의 근원이 만들어지는 세계에서부터 아빠와 엄마의 딸이 되어 태어나기로 약속되어 있었을 것이다. 그러니 내가 아빠의 이름을 듣는 순간, 알 수 없는 친밀감을 느꼈다고 해서 무엇이 이상하단 말인가. 오히려 당연한 일 아닐까.

집에 오자마자 컴퓨터 앞에 앉았다.

"서, 동, 수."

그 이름을 자판 위에 치자, 등 뒤 저 멀리에서 누군가 작은 북 스네어를 두드리기 시작했다. 두구두구두구두구. 부드럽지만 긴박한 트레몰로. 그리고 엔터. 화면이 바뀌고 내가 원하던 정보가 떴다. 집에 오기까지의 떨림과 서동수라는 이름을 반복해서 중얼거릴 때의 울렁거림에 비하면, 엔터를 치기 전에 들린 긴박한 트레몰로 소리에 비하면, 결과는 지나치게 시시했다. 인터넷 포털 사이트는 너무도 가볍게, 너무도 아무렇지 않게 '서동수'라는 사람의 사진을 올려놓았다. 아빠가 분명했다. 정화 이모가 이야기한 대로의 인물이다. A 그룹 이사에 출신 학교도 맞는다. 사진은 선명하지만 화면에 고개를 바싹 대고 살펴보아도 나와 닮은 얼굴인지는 모르겠다.

말도 안 된다. 이렇게나 쉽게 알 수 있는 일이었단 말인가. 이렇게 쉽게 찾을 수 있는 사람이라면, 십팔 년 동안 비밀로 할 까닭도 없지 않았을까. 엄마는 대체 무얼 감추고 싶어 했던 걸까. 나는 이제 아빠를 찾았음을 엄마에게 선포해야 하나? 영화나 소설에서처럼 아빠를 찾아가야 하나? 찾아가서 '아빠!' 하고 부른다면 어떤 일이 생길까? 아빠는 결혼했을까? 아이는 있을까? 엄마와 나를 잊지 못해 싱글로 살고 있지는 않을까?

그래, 그럴 것이다. 아빠는 어디선가 들려올 자신의 딸로부터의 신호를 경건한 마음으로 기다리고 있을 게 틀림없다. 우주에는 알수 없는 기가 흐르고, 마음을 모으면 그 기운이 하늘에 닿는다고 하지 않던가. 내가 애태워 아빠를 그리워했으니 아빠는 어딘가에서 전해지는 나의 텔레파시를 느껴 왔을 것이다. 그래, 내일 당장 전화해 보자. 내가 '여보세요.' 하자마자 아빠는 얼른 알아챌 거야. '오, 내 딸이구나. 그동안 어디 있었니?' 이렇게 말씀하시겠지?

아직 실현되지도 않은 만남이 벅차 한숨을 포옥 쉬고 나니 방안이 어두웠다. 고개를 돌리니 창밖도 어두웠다. 이제 보니 어둠속에 컴퓨터 모니터만 밝게 빛나고 있었다. 저런! 전등도 켜지 않고 아직 교복을 입은 채였다.

*

꼭 밥을 지어 먹으라는 엄마 말을 또 어겼다. 그렇다고 굶겠다는 건 아니다. 다른 먹을 게 뭐 없을까. 결국 시리얼 아니면 식빵이겠지? 냉장고를 열었다. 우유를 꺼내려는데 냉장실 맨 위 칸에 필름이 보였다. 언제나 그 자리에 있어서 새삼스러울 것 없는 카메라 흑백 필름.

필름 통은 아마도 내 첫 번째 장난감이었을 것이다. 생각해 보면 나는 늘 빈 필름 통을 가지고 놀았다. 아끼는 머리핀도, 엄마 몰래 모아 둔 오백 원짜리 동전도 필름 통에 숨겼다. 새 필름은 언제나 냉장고 위 칸에 의젓하게 앉아 있었다. 엄마가 디지털카메라를 주로 사용하게 된 뒤로 보관된 필름 통 수는 줄었지만 그래도 우리 냉장고 맨 위 칸은 필름의 자리다. 달걀도, 고기도, 치즈도, 그 어느 것도 필름의 자리를 넘볼 수는 없었다.

필름! 안심해. 그 자리는 앞으로도 영원히 네 자리야. 우유를 마시고 식빵에 딸기 잼을 발라 먹었다. 필름 통과 대화하는 아이는 세상에 나밖에 없을걸!

어젯밤에는 잠을 거의 못 잤다. 엄마의 책상 서랍과 옷장 구석까지 다 뒤졌다. 분명 아빠와 관련된 편지나 사진이나 뭐든 남아 있을 것 같아서다. 오래된 편지 묶음을 발견하긴 했는데, 거기에 서동수라는 이름은 없었다. 완벽한 증거를 찾은 다음에 전화하려고 했지만 1교시가 끝나고 쉬는 시간이 되자 발이 저절로 중앙 현관 앞 공중전화를 향했다. 휴대 전화가 있지만 이 상황에는 꼭 공중전화여야만 할 것 같았다.

A 그룹의 서동수 이사에게 전화하는 건 아주 쉬웠다. 그런데 전화를 받은 사람은 서동수 이사가 아니었다. 비서실이란다. 용건이 무엇이냔다. 용건을 말하면 전화를 바꿔 주겠다는 것도 아니고 전달만 해 준다.

용건이 뭐냐고? 이사님의 숨겨 둔 자식인데요,라고 해야 하나? 이사님 팬클럽이에요, 할까? 대체 뭐라고 말해야 하나? 비서실이 중간에 놓인 상황이라면, 회사로 아무리 전화해도 아빠와 연결되는 건 불가능하겠다. 내가 '여보세요.' 하자마자 아빠가 '오, 내 딸이구나. 내가 얼마나 기다렸는지 아니?' 하는 장면은 연출이 어렵겠다. 예상은 완전히 빗나갔다.

"여여, 대체 왜 그래? 하루 종일 말도 없고. 무슨 일 있어?"
"아니, 별일 없는데?"
"피이, 귀신을 속이시지그래. 무슨 일인지 얘기 안 해 주면 나 비뚤어진다. 나 삐친다구."
그래, 세미에게는 이야기해도 좋을 것이다. 세미는 비밀을 지킬 것이고, 나는 누군가에게 이 이야기를 하고 싶다. 세상에서 이 일을 알고 있는 사람은 엄마와 정화 이모, 그리고 나. 어쩌면 아빠도 알 것이다. 그리고 한 사람 더 안다고 해서 무슨 일이 생기겠는가. 지구상에서 몇 명이 알든, 나 김여여의 엄마는 김경주, 나 김여여의 아빠는 서동수, 그 사실은 변함없을 것이다.

우리 둘은 체육관 응원석에 올라갔다. 여느 때처럼 남자아이들이 농구를 하고 있었다.
"맹세할 수 있어? 죽을 때까지 비밀로 하겠다고?"
"그럼, 물론이지."
세미는 당연한 걸 왜 묻느냐는 듯이 나에게 얼굴을 들이밀다가 갑자기 소리쳤다.

"야, 김여여. 뭐야? 그럼 넌 여태 날 믿지 못했던 거야?"

휴, 이래서 누군가와 소통한다는 건 어렵다.

"바보, 믿지 못하는 게 아니라는 건 너도 잘 알잖아."

"그럼, 왜? 증거라도 필요해?"

꼭 증거를 바란 건 아니었지만, 나는 고개를 끄덕였다.

"그 정도로 심각한 일이야? 맹세가 필요해?"

맹세? 그것도 괜찮지. 나는 다시 고개를 끄덕였다.

세미는 곰곰이 생각하는 얼굴로 허공을 보며 입술을 잘근 물더니, 분홍색 약주머니에서 볼펜형 사혈 침을 꺼냈다. 언젠가 세미는 저 침으로 체했다는 친구의 손가락을 따 준 적도 있었다. 세미는 사혈 침으로 왼손 새끼손가락을 찔렀다. 내가 원한 맹세는 그런 종류의 것이 아니었기 때문에 놀라느라고 말릴 틈도 없었다. 세미의 손가락에서 빨간 피가 조금 나왔다. 세미는 손가락을 내 입에 가져다 대며 고개를 한 번 크게 끄덕였다. 저 고갯짓의 의미는 분명 피를 빨라는 뜻이렷다! 망설이는 게 부끄러워 세미의 사혈 침을 빼앗아 나도 내 왼손 새끼손가락 끝을 찔렀다. 두 번이나 찔러서야 아주 작은 핏방울이 맺혀 나오기 시작했다. 우리 둘은 서로의 입술로 새끼손가락을 가져다 댔다. 그러고는 나는 세미의 피를, 세미는 내 피를 빨았다. 이제 우리는 피의 맹세를 한 것이다. 어휴, 빈틈없기도 하지. 세미는 분홍색 약주머니에서 소독 솜을 꺼냈다. 일회용 솜은 소독약에 젖은 채 하나씩 밀봉되어 있는 제품이었다.

"별로 따갑지 않지? 이제 얘기할 수 있지?"

못 할 것도 없다. 우리는 피의 맹세까지 하지 않았는가.

"정말이야? 아, 말도 안 돼!"

세미는 상상보다 더 엄청난 이야기를 들은 모양이다. 말도 안 돼, 말도 안 돼, 몇 번을 말도 안 된다고 하더니 드디어 고개까지 좌우로 흔들기 시작했다.

그랬구나. 나의 이 깊은 사연은, 세미처럼 평범한 애에게는 저렇게 충격적인 이야기였구나. 자기 이야기가 아닌데도 저렇게 놀라는구나. 그런데 정작 당사자인 나는 왜 놀랍지 않은 거지?

우리가 앉은 자리에서 골대를 내려다보니 누가 쏜 슛일까, 골 망 사이로 농구공이 힘겹게 빠져나오고 있었다.

8. 그의 왼손이 심장에 찍히다

어제 잠도 못 잔 데다가 피까지 봐서일까. 드럼 수업에 가는 수요일이었음에도 집에 오자마자 깜빡 잠이 들었다. 어이쿠, 늦었네. 하는 수 없다. 성인반에라도 가야지. 흐트러진 머리를 손가락으로 빗으며 집을 나섰다.

"하이, 후배!"

문화 센터 3층 복도를 지나는데, 저 앞에서 시리우스가 왼손을 들었다. 지난주에 제2교무실에서 본 후로는 처음이고 이야기를 나눠 본 적도 없는데, 시리우스는 어쩜 저리도 친근하게 알은체를 할까? 시리우스는 지난번처럼 왼손으로 강의실 문을 열어 나를 먼저 들어가게 해 주었다. 불편해 보이는 자세. 시리우스는 아무래도 왼손잡이인 모양이다.

마른 몸매에 머리를 하나로 길게 묶은 드럼 선생님 모습을 문장 부호로 표시한다면 느낌표다.

"자, 언제든 가장 중요한 건 마음의 평정이죠. 드럼을 두드리는 사람은 격정적일 것 같지만 아니에요. 음악을 사랑하는 사람은 온 우주 앞에서 경건해야 합니다. 드럼 앞에서도 마찬가지죠."

긴 머리 탓에 마치 로커 같기도 한 드럼 선생님은 매번 그런 말로 수업을 시작하면서 다 같이 눈을 감게 하고 조용히, 그러나 크게 호흡을 하라고 했다. 입은 다문 채 들숨 한 번 날숨 한 번을 번갈아 길게 쉬는 것을 열 번쯤 반복하고 나서야 수업을 시작했다.

성인반은 중학생이 대부분인 청소년반과는 차원이 달랐다. 드럼 세트 위에 올라가서 칠 때 뿜어져 나오는 저마다의 카리스마. 시리우스, 저 선배도 휘날릴 머리카락이 없어서 그렇지 꽤 치네.

드럼 수업이 끝나고 계단을 내려오는데 시리우스가 옆에서 걸음을 맞추었다.

"밤도 늦었는데 데려다 줄까?"

"예? 괜찮습니다. 저희 집은 바로 요 앞입니다."

"넌 원래 말을 그렇게 하냐? 초등학교 국어 책에 나오는 존댓말 같다. 그냥 편하게 얘기해."

"알겠습니다."

"푸훗, 완전히 군대 말투야. 너 그런 얘기 아냐? 군대에서 하는 말은 '다'나 '까' 이 두 가지로 끝난대. 너 군대 갔다 왔냐?"

"아뇨. 하지만 엄마한테 군대 왔냐는 소리는 많이 듣습니다."

"왜?"

"먹고 싶은 게 많아서 그렇습니다. 햄버거, 피자, 치킨, 떡볶이, 초콜릿, 도넛, 기타 등등, 이것도 먹고 싶고, 저것도 먹고 싶다고 줄줄 늘어놓으면 어머니께서 '너 군대 왔냐?' 그러십니다."

둘은 어느새 나란히 걷고 있었다. 길만 건너면 우리 아파트.

"여기 산다고?"

"네, 그렇습니다."

"아파트 정문 앞까지 데려다 줄까, 아니면 현관문까지 데려다 줄까?"

"괜찮습니다. 혼자 가겠습니다."

시리우스는 아파트 정문에서 돌아서면서 왼손을 높이 치켜들어 인사했다. 시리우스가 아니라 높이 치든 그의 왼손이 내 가슴에 박혔다. 마그네슘 터지는 소리를 내며 찍혔던 옛날 사진처럼 '펑!' 소리를 내며 시리우스의 왼손이 진한 색으로 내 심장에 찍혀 버렸다.

현관문이 잠기는 소리를 듣고 나서야 크나큰 실수가 생각났다.

앗, 어떻게 해. 낮잠 자고 나서 세수도 안 하고 드럼반에 갔잖아! 으악, 난 몰라.

*

　"이건 공공 기관에서 하는 청소년 경제 강좌들이야. 관심 있으면 가 보렴."

　선생님이 소개해 주신 강좌는 여덟 개나 되었다. 그런데 이건 또 무슨 운명의 장난이란 말인가. 그 강좌들 중 하나에 강사가 '서동수'라고 적혀 있었다. A 그룹 이사라고? 그렇다면 아빠가 틀림없다. 종이를 내밀자 세미는 빨리도 알아챘다. 세미는 왼손 새끼손가락을 세워 흔들었다. 피의 맹세는 흔적도 남지 않았지만, 무슨 뜻인지 알기에 나도 왼손 새끼손가락을 세워 흔들었다.

　명탐정 셜록 홈스라면, 엄마의 소지품 속에서 아빠의 흔적을 어떻게 찾아낼까? 팔짱을 끼고 엄마의 책상을 노려보았다. 홈스는 늘 아주 가까운 곳에서 문제를 해결했다. 그렇다면 아빠의 흔적도 멀리 있지는 않을 것이다.

　홈스식의 추리는 유효했다. 엄마 책상의 제일 큰 서랍에는 잡동사니가 모여 있다. 거기 있는 묵은 수첩들 중 하나에 누렇게 변한 엽서 한 장이 꽂혀 있었다. 번지고 색 바랜 글자는 회색이 되었지만, 연한 푸른빛이었으리라 짐작되었다. 그리고 흘려 썼지만 분명히 한자로 '동녘 동(東)' 자가 끝에 적혀 있었다. 내용은 별게 없었다.

"잘 있는지."로 시작되는 짧은 안부 인사. 그리고 영어로 쓴 시가 이어졌다. 끝 부분을 보니 나도 아는 시였다. 셸리라는 영국 시인이 쓴 "겨울이 오면 봄 또한 머지않으리."로 끝나는 시. 시의 일부를 적어 보낸 모양이었다. 동그란 우체국 소인 안의 발신지와 연도, 날짜는 잉크가 번져서 보이지 않았지만 9월을 알리는 숫자는 아직 또렷했다. 어느 해인가 9월의 어느 날, 서동수라는 남자는 엄마에게 엽서를 보냈고 엄마는 그걸 여태 간직하고 있는 것이다.

해묵은 그 엽서를 꺼내 나의 다이어리 한가운데에 끼웠다. 그것만으로도 갑자기 목이 뜨거워져 차가운 우유를 한 잔 마셨다. 컵을 씻어 건조대에 올려놓고 엽서를 끼운 다이어리를 펼쳤다. 엽서와 나의 이러한 만남은 꽤 낭만적이고 눈물 나는 부녀 상봉이긴 해. 하지만 아무래도 이건 반칙이다. 엽서를 꺼내 원래 자리인 엄마의 수첩에 넣었다. 그러고 나니 무슨 대단한 이별이라도 한 듯 허전해져서 다시 꺼내어 영화 속에서처럼 엽서에 입을 맞췄다. 눈물이 나려고 했다. 엄마 수첩에 엽서를 넣고, 서랍을 닫았다.

이건 내 것이 아니니까 돌려 놓는 게 맞다. 이 '동(東)' 자가 서동수의 '동'을 의미하는지는 모르지만, 그런 거라면 아빠의 자취를 찾은 걸로 충분하지 않은가.

심장 저 안쪽에서 쿠쿵, 쿠쿵, 쿠쿵, 쿠쿵, 베이스 드럼이 울리기 시작했다. 더블 킥쯤 되는 세기, 손으로 가슴을 눌러 줘야 할 정도였다.

9. 외발자전거를 타는 아빠

"사실은 모든 일에서 같은 원칙이 통용된다고 볼 수 있어요. 아, 얼마 전에 아저씨 딸이 외발자전거를 사 달라고 했어요. 여기 여학생도 많은데 여러분들 아버지도 딸 말이라고 하면 꼼짝 못 하죠? 나도 그래요. 누구 부탁인데 거절을 하겠어요? 그래서 외발자전거 파는 곳을 알아보고 당장 사다 줬어요. 그런데 그 외발자전거라는 녀석이 말입니다, 우리에게 전해 주는 교훈이 보통 많은 게 아니더라, 이 말이지요."

서 이사는 잠시 말을 멈추고 하얀 칠판 앞으로 가서 외발자전거를 그렸다. 보드 펜을 잡은 손은 당연하게도 왼손이었다.

"잘 그린다, 그치?"

세미가 내 귀에 속삭였다.

그래, 아빠는 그림에 소질이 있는 모양이군. 서 이사가 외발자전거를 제법 폼 나게 그리자, "우우." 하고 감탄인지 야유인지, 함성이 쏟아졌다. 서 이사는 익살스럽게 한쪽 다리를 앞으로 내밀어 무릎을 굽히고 한쪽 팔은 앞으로, 다른 팔은 등 뒤로 보내서 마치 발레리노처럼 인사를 한 뒤 강의를 이어 갔다.

"누구 외발자전거 타 본 사람?"

누군가 손을 들었다.

"자, 적으세요. 첫째, 인생은 외발자전거다. 온몸과 온 힘을 써서 타라!"

그러면서 서 이사도 칠판에 적었다.

1. 인생은 외발자전거다. 온몸으로, 온 힘을 다해 인생을 타라.

서 이사의 논리에 의하면, 우리 인생은 외발자전거를 타는 것과 같다. 외발자전거는 두발자전거나 세발자전거와는 달리 온몸을 써서 무진장 노력해야 탈 수 있단다.

"자, 적으세요. 두 번째, 인생은 외발자전거다. 뒤로도 갈 수 있다!"

모범생 티를 내느라 아이들은 열심히 받아 적는다.

"성공과 전진, 일 등만이 최고일 것 같죠? 아닙니다. 후퇴도 있고 추락도 있어요. 그런데 후퇴와 추락도 성장의 한 부분이라는 게 중요합니다. 자전거는 후진을 못 하죠? 외발자전거는 뒤로도 갈 수 있다는 걸 기억하세요. 단, 뒤로 갈 때도 의미 있게!"

이렇게 많은 아이들을 주목시키다니, 그리고 외발자전거라는 아이템을 꺼내다니, 우리 아빠는 은근히 멋있다. 내 마음을 눈치챘을까. 세미가 놀랍다는 듯 혀를 쏙 내밀며 눈을 동그랗게 떠 보인다.

'뭘 이 정도 가지고!'

나는 어깨를 으쓱했다. 그러고 나서 생각하니 으스댈 일은 아니었다. 저 사람이 공식적으로 내 아빠일 수는 없으니까.

"자, 질문 있는 사람?"

서 이사가 그렇게 말했을 때, 가슴이 쿵쾅거려서 몸이 들썩일 지경이었다. 남학생이 두 명인가 질문을 했고 서 이사가 답을 했는데, 질문이 뭐였는지, 대답이 뭐였는지 전혀 귀에 들어오지 않았다. 내 관심은 오로지 한 가지여서 손을 들고 질문을 할까 말까, 해도 될까 안 될까를 망설이느라 머리가 지끈거렸다.

"자, 그럼 마지막으로 딱 한 사람 질문만 받을게요."

더 이상 참지 못하고 나는 손을 번쩍 들었다. 세미의 눈이 커지는 게 옆에서도 느껴졌지만 상관없다. 기회를 놓칠 수는 없어.

"오, 거기 여학생!"

다른 애들도 손을 들었는지는 모르겠는데, 서 이사는 나를 지목했다. 일어서는데 무릎도 팔도 덜덜 떨렸다. 그렇지만 여여, 알지?

집에 가서 후회하느니 지금 물어보는 게 나아. 마음이 시키는 대로 나는 벌떡 일어섰다. 누군가가 달려와 내 입에 무선 마이크를 대 주었다.

"안녕하세요? 저는 한빛 고등학교 2학년 김여여입니다. 선생님은, 아니 서 이사님은 어떻게 결혼하셨어요?"

내 질문이 끝나자마자 강의실은 폭소의 도가니로 변했다. 뭐야, 사랑 이야기 따위를 듣자는 거야? 청소년의 미래에 대해 이야기하는 경제 캠프에서? 쟤 혹시 머리가 어떻게 된 거 아냐? 아이들은 그렇게 쑥덕거리는 듯했고, 이렇게 수준 낮은 아이와 같이 있다는 게 탐탁지 않은 모양이었다. 그래, 맘껏 웃으렴, 유치하다고 날 비웃어도 좋아. 그래도 나는 알아야만 해.

"아우, 야, 왜 그래?"

세미가 어서 앉으라고 팔을 잡아당겼다. 나는 서 이사의 눈을 바라보며 천천히 앉았다. 아빠, 말해 줘요. 아빠는 엄마 말고 어떤 여자랑 결혼했나요? 엄마도 사랑하고 그 여자도 사랑했나요? 아니, 그 여자를 더 사랑했나요? 그럼 나는요? 나는 뭔가요?

잠깐 당황한 것 같던 서 이사는 곧 인자한 미소를 띠며 칠판 앞으로 다가섰다.

"그래요. 사랑도 중요하지요. 그리고 사랑도 경제 논리에서 벗어나지 못하는 경우가 많습니다. 그런 의미에서, 음…… 학생의 질문은 매우 의미 있습니다. 오늘의 마지막 질문으로 아주 좋은 질문이에요."

내 질문을 비웃던 아이들이 금방 잠잠해졌다.

"여기 앞줄 남학생, 이담에 결혼한다면 어떤 여자랑 하고 싶어?"

우, 하고 주변 남자아이들이 기대 어린 함성을 보냈지만 안경 쓴 그 아이는 얼굴만 붉어지고 대답을 하지 못했다.

"그럼 질문을 바꿔 볼까? 십 대 남자가 좋아하는 여자는?"

우, 다시 함성인지 야유인지가 쏟아졌다.

"여러분 다 알면서 대답 안 하는 거죠? 내가 대신 대답하죠. 십 대 남자가 좋아하는 여자는? 예쁜 여자! 이십 대 남자가 좋아하는 여자는? 예쁜 여자! 그럼 삼십 대 남자가 좋아하는 여자는?"

우우―. 이번에는 여학생들이 서 이사에게 야유를 보냈다.

"아, 미안 미안. 절대로 여성을 폄하하려는 뜻은 아니에요. 청소년 시절과 청년 시절의 내 단순했던 상태를 고백하는 거예요. 세간에 떠도는 이 유머처럼 나도 그랬습니다. 정신 연령이 정말 어처구니없이 낮았나 봐요. 성인이 되면서 여자의 외모보다 더 중요한 것들을 볼 수 있게 되었고, 여자 친구도 사귀었는데, 그중에는 정말 사랑하고, 꽤 심각한 사이가 된 친구도 있었어요. 그렇지만 결혼은 연애와는 다른 문제여서, 나는 경제력을 갖춘 뒤에 결혼하고 싶었어요. 가난한 집 외아들로 태어나 어머니가 고생하시는 걸 보고 자라서 경제적으로 무책임한 가장이 되는 건 싫었거든. 사랑하는 여자에게 경제적인 능력을 갖출 때까지 기다려 달라고 부탁했어도 됐는데, 자존심 때문에 그렇게 못 했어요. 나중에 생각하니 진정한 자존심은 기다려 달라고 당당하게 말하는 거더라고! 그땐 그걸 몰랐어요. 열등감과 자존심을 혼동한 거야."

서 이사는 칠판에 깨진 하트를 그렸다.

"그래서 결혼이 늦어졌지. 더 이상 사랑에 빠지기 어려운 나이가 되었을 때 어머니가 병원에 입원하셨는데, 한 간호사를 어머니가 마음에 들어 하셨어요. 나도 마음이 끌려서 데이트를 청했는데 다행히 그 사람도 내가 싫지 않았나 봐요. 어머니 눈은 정확하셨지. 만날수록 좋은 사람이었어요."

서 이사는 내 쪽으로 몸을 틀어 몇 걸음 다가왔다. 잠깐이었지만 나와 눈도 맞추었다.

"배우자나 연인을 선택하는 데는 여러 가지 요소들이 영향을 주지만, 단순화시키면 모든 선택에는 어떤 식으로든 경제 논리가 개입합니다. 아, 여러분이 인터넷 쇼핑을 할 때 자주 사용하는 말로 하면 '가격 대비 성능' 같은 거예요. 물건을 살 때처럼 사랑을 선택할 때도 수많은 요소들을 고려하죠. 그 사람의 외모, 성격, 경제력, 집안 배경, 유머, 부드러움, 결단력, 나에 대한 충성도 등등 여러 가지를 따져 가면서 자신도 모르게 점수를 매기는 겁니다. 평균을 내기도 하고 중요하게 생각하는 부분에 가산점도 주면서 다각도로 계산한 후에 비로소 선택을 하는 거죠. 아마 저도 아내를 그렇게 선택했을 겁니다. 당연히 눈에 콩깍지가 씌지만 그 이면에는 선택을 향한 여러 가지 계산이 깔려 있는 거죠.”

“그럼 사랑은 사랑이 아니네요. 첫눈에 반하는 건 어떻게 설명해요?”

뒷자리에서 투덜거리듯 묻는 소리가 들렸다.

“첫눈에 반하는 건 생물 선생님께 여쭤 보세요. 그건 의외로 동물적인 영역이니까요. 설사 첫눈에 반한다 해도 최종적인 선택을 하기까지는 경제 논리가 개입한다는 거죠. 자신이 개입시킨 경제 논리를 스스로 알 수도 있고 사랑이라고 뭉뚱그릴 수도 있는데, 요즘은 그 계산을 굳이 숨기지 않는 게 세태 같기도 해요. 그렇다고 너무 타산적이면 재미없죠. 동물처럼 본능에만 충실해도 곤란하고. 만족도가 높으면서도 고유성과 희소성이 있어야 하고 낭만도 있어야 합니다. ‘나는 성욕을 채우고 내 유전자를 후손에 남기기 위해 당신과 사귀고 싶습니다.’ 이렇게 말하면 어느 여자가 좋아하겠어요?”

아이들이 책상을 두드리며 웃었다. 남자아이들 웃음소리가 더 컸다.

“불확실성을 확실성으로 만들고 싶은 욕망이 개입하고, 그러면서도 사랑의 열정이 있어야 하고! 하여튼 사랑도 경제도 다 쉽지는 않죠.”

서 이사는 그 뒤로도 몇 가지 경제 원칙과 사랑을 연결해 이야기를 이어 갔다.

고마웠다.

봐, 아빠가 엄마를 사랑하지 않은 건 아니었어. 아빠는 엄마에게 기다려 달라고 부탁할 수 없는 유형의 남자였던 거야. 나의 존재를 알았다면 책임감 있는 가장이고자 했던 아빠는 다른 선택을 했을 게 분명하다. 엄마와 헤어진 후 아빠는 더 이상 운명적인 사랑을 만날 수 없었고, 효자였기 때문에 어머니가 좋아하는 여자를 배우자로 택한 게 틀림없어. 뜨겁게 사랑했던 여자와 헤어진 아빠는 지금 잘 살고 있는 것이다. 외발자전거를 타는 귀여운 딸과 그 아이의 엄마와 함께.

어처구니없는 질문도 유연하게 받아 내고 소란해진 장내를 정리하는 저 유려한 솜씨. 그래, 나는 저렇게 능력 있는 아빠의 딸인 거야. 어때 여여, 기분 괜찮지?

머릿속과 마음속에서 여러 가지 생각이 물결쳐 차멀미라도 하는 듯 속이 울렁거렸지만, 무사히 캠프를 마쳤다. 서 이사의 사인을 받겠다고 아이들이 줄을 섰다.

"우리도 사인받을까?"

세미가 물었을 때 나는 고개를 저었다. 저렇게 떼 지어 선 아이들 속에서 사인을 받는 건 싫다. 나 혼자만 사인을 받아야 해. 아니 아니, 그것도 아니야. 아버지가 아무리 인기 많은 국민 가수라도 아빠 사인을 받는 딸은 없을 거야. 그러니까 나는 사인을 받지 않

아. 나는 딸이니까. 열이 올라 얼굴이 벌게진 게 거울을 보지 않고도 느껴졌다.

"나, 세수 좀 하고 올게. 여기서 기다릴래?"

"응, 나도 음료수 좀 사 올게. 여기 이 위에서 만나."

우리는 '미래 경제의 주역—청소년 성장 캠프'라고 바닥에 붙여 놓은 커다란 빨간색 화살표 위에서 만나기로 했다.

"음료수 공장에 갔었어? 아님 오렌지 심으러 캘리포니아에 갔었나?"

화살표 위에서 기다리다 기다리다 화가 나려고 할 때 세미가 뛰어왔다.

"미안 미안!"

"음료수는?"

"아차, 음료수!"

세미는 두리번거리며 음료수 자동판매기를 찾았다.

"그럼 어디 갔었어?"

"이거 가져! 그리고 너 레몬 맛 먹을 거지? 내가 사 올게!"

세미는 품에 안고 있던 종이를 넘겨주고 음료수를 뽑는다고 가 버렸다.

하여간 세미, 이럴 줄 알았다니까! 종이에는 '서동수'라는 이름의 사인이 크게 그려져 있었다. 글자가 마치 하늘을 향해 구름을 휘감아 올라가는 용처럼 배치됐다. 그리고 그 위에 적힌 말.

여여 군, 마음 튼튼하고 행복합시다.

그리고 그 아래에는 오늘 날짜가 적혀 있다. 세미는 내 이름까지 넣어서 사인을 받아 주려고 행사장으로 다시 들어갔구나. 여, 여, 군, 세 음절을 천천히 끊어서 발음하는데 눈물이 나려고 했다. 하지만 울기에는 적당한 장소가 아니지? 나는 세미의 호의를 기꺼이 받아 가방에 넣었다. 세미에게 왜 그랬느냐고는 하지 말자. 나도 갖고 싶었으니까. '행복합시다.'라니, 그럼 아빠는 나와 함께 행복을 만들어 갈 수도 있다는 뜻일까? 의례적으로 적은 말인 게 분명한데도 굳이 의미를 달고 싶어진다.

눈치 빠른 세미는 레몬 맛 음료를 건네주면서 아무 소리도 하지 않았다. 사인받은 종이는 어쨌느냐고도 묻지 않았다. 학교 얘기, 동생 세훈이 얘기, 그리고 세미가 좋아하는 아이돌 그룹 리더에 대한 얘기만 했다. 아빠가 행복하자고 한 대로 나는 돌아오는 내내 행복했다. 사인 종이에서 뿜어져 나오는 아빠의 온기와 내 손을 꼭 잡고 있는 세미의 손이 따뜻해서였을 것이다.

10. 하느님, 저의 오 년을 가져가세요

지난밤에 '동녘 동' 자가 서명된 엄마의 해묵은 엽서를 품에 안 았다가 입을 맞추었다가 하느라고 잠을 못 잔 데다가, 오늘은 서동 수 이사가 강사로 나오는 경제 캠프에서 진을 다 빼 버렸다. 그러 니 씻지도 못하고 쓰러지듯 침대에 누운 건 당연했다.

저 아이가 누구지? 엉덩이를 오른쪽 왼쪽으로 뒤뚱거리며 외발 자전거를 타는 초등학생이 등을 보이며 멀어졌다. 그 아이 앞에서 박수를 치며 격려하는 한 남자, 내 아빠의 모습도 보였다. 아빠의 격려와 응원을 받으며 외발자전거로 세상을 헤쳐 가는 초등학생 여자아이는 어느새 나로 바뀌었다. 초등학생인 나도 오른쪽 왼쪽으로 엉덩이를 실룩거리며 외발자전거를 타고 있다. 그러나 앞을 보니 내 앞에는 격려해 주는 아빠가 없다. 열심히 전진하던 나는 어느 순간 발을 멈추었다. 균형이 깨지자 자전거는 기우뚱 기울었고, 나는 얼른 왼손으로 안장을 잡고 펄쩍 뛰어내리듯 오른발을 땅에 디뎠다. 장하기도 하지. 나는 넘어지지 않았다. 안장을 움켜쥐고 자전거를 끝까지 놓지 않았다. 경제 캠프에서 했던 아빠 말씀에 따르면, 나는 인생을 놓지 않은 거다. 꿈에서도.

어찌나 용을 쓰며 외발자전거를 탔는지 이마에 땀이 맺혀 있었다. 물을 한 모금 마시고, 컴퓨터 앞으로 갔다. 인터넷 포털 사이트의 검색창에 '외발자전거'라고 입력했다. 외발자전거를 파는 곳은 많았다.

*

따르르릉.

"어, 엄마! 경제 캠프 갔다가 늦어서 전화 못 했어. 내 전화 기다렸어? 몸은 괜찮아?"

엄마는 무조건 다 괜찮고 무조건 다 좋단다. 주말인데도 엄마를 보러 가지 않은 게 마음에 걸렸다. 하지만 9월에는 추석 연휴가 있으니까, 그때 엄마랑 충분히 있자. "엄마 미안해, 미안해." 하고 중얼거리다가 다시 잠이 들었나 보다. 휴대 전화 알람이 신 나게 음악을 연주했다. 이제는 음악을 들으면 드럼 소리가 따로 분리되어 들린다. 드럼 선생님 표현대로라면 나도 이제 귀가 생겼군. 따당 땅 땅 땅. 톰 위로 소리가 튀어 오르듯 나도 일어나자. 더 자고 싶어도 일어나야 해. 눈도 뜨지 않은 채 생각했다. 공부를 해야 해, 공부, 공부. 아픈 엄마를 보살피지 않는 딸은 공부라도 열심히 해야 용서받을 수 있을 거야. 그러나 씻고 나서 우유에 시리얼을 말아 먹으며 공부하려던 마음을 바꾸었다.

그래, 오늘은 일요일. 성당이나 교회, 절에 다니는 사람들이 모두 마음을 모아 기도하는 날. 모두들 열심히 기도를 하니 신은 오늘 귀를 활짝 열어 두고 사람들의 기도를 들을 것이다. 그렇다면 내 기도도 들으시겠지. 우리 집에서 가장 가까이 있는 종교 집회 장소는 교회이지만, 그곳은 한눈에 보기에도 아주 작다. 내가 가면 처음 왔느냐고 묻고 귀찮게 할 게 분명해. 조금 멀더라도 규모가 큰 성당이 낫겠다.

미사 시간은 지난 모양이다. 지붕이 뾰족한 성당 건물 앞에 사람들이 삼삼오오 모여 있고 수녀님도 보였지만, 성당 안에는 사람이 몇 없었다. 차라리 잘된 건지도 모르지. 지금쯤이면 하느님은 한꺼번에 들은 사람들의 기도를 종류별로 분류하고 있을 거다. 조용한 시간일 테니, 내 기도가 들리면 귀를 쫑긋 세울지도 몰라.

'얘는 누구야? 못 듣던 목소리인걸? 대체 내게 뭘 원하는 거지?' 이러면서 호기심에 차서라도 낯선 아이의 기도를 들어주실 거야.

성당 의자에 앉아 간식 시간에 기도하는 착한 유치원생처럼 두 손을 모았다.

하느님, 제 목소리 들리시지요? 하느님은 귀가 엄청나게 크실 테니, 제 마음의 소리까지 다 들으실 테죠. 엄마가 많이 아파요. 엄마를 구해 주세요. 세상에 공짜가 없다면, 제 수명에서 십 년을 가져가세요. 저의 십 년을 엄마에게 얹어 주세요. 제 바람은 그거예요. 제발요, 제발 엄마에게 십 년만 더 허락해 주세요. 십 년을 받아서 십 년을 주면 하느님에게 남는 게 뭐가 있느냐고요? 세상에 공짜가 어디 있느냐고요? 그렇다면 제게서 십 년을 가져가서 오 년은 하느님이 갖고 오 년은 엄마에게 주세요. 그 정도면 하느님에게도 괜찮은 장사 아니에요? 하느님, 그러니 저의 수명을 떼어다가 제발 엄마에게 주세요.

예배당 밖으로 나왔을 때, 햇빛이 눈부셔서 얼굴이 찡그려졌다. 여기저기 모여 있던 사람들도 다 사라지고 예배당 앞은 텅 비어 있었다. 오늘은 성당에서 기도했으니 다음 주에는 교회에 가고, 그다음 주에는 절에 갈 테야. 가서 기도하다 보면 어느 한 신이라도 불쌍한 나의 기도를 들어주겠지.

*

"학생, 자전거 사게? 들어와서 구경해."

자전거 가게 앞에는 수십 대의 자전거가 세워져 있었다. 하얀 바구니가 달린 여성용 자전거의 안장을 쓰다듬으면서도 내 눈은 출입문 안쪽에 높직이 걸려 있는 외발자전거에만 가 있다. 나도 외발자전거를 타고 싶다. 위태로운 저 물건을 나 혼자 조종할 수 있을까? 손잡아 주는 아빠 없이도?

'우리 딸, 잘한다, 잘해!' 하고 박수쳐 주고 환호해 주는 아빠가 없어도 과연 외발자전거를 잘 탈 수 있을까?

외발자전거는 인터넷에 나와 있는 것보다 비쌌다. 한 달 용돈을 다 써도 살 수 없다. 그렇다면 다른 방법이 있지! 외삼촌은 언제나 구원 투수다. 외삼촌이 생일 선물로 받고 싶은 게 있느냐고 물었을 때, 외삼촌이 말을 마치기도 전에 외발자전거가 갖고 싶다고 했다.

*

경제 과목 수행 평가 두 번째 과제는 '나의 멘토 만들기'다. 어느 분야로든 나에게 필요한 조언을 해 주고 도움을 줄 사람을 찾아내어 스승으로 삼는 과정을 학기 말 전까지 수행하란다.

"꼭 공부일 필요는 없어요. 꼭 경제와 관련될 필요도 없어요. 종교 생활의 멘토도 좋고 생활 전반의 고민거리에 대한 멘토도 좋습니다. 숙제를 잘하려고 하기보다는 이번 기회에 오래오래 도움을 받을 수 있는 스승을 찾아보자는 뜻이니까 진지하게 진행해 주세요. 내가 멘티라고 해서 나만 도움을 받는 거라고 위축될 필요는 없어요. 도움은 언제나 주고받는 거니까. 여러분이 도움을 받는다는 것은 곧 그 멘토에게도 성장할 수 있는 기회를 제공하는 거예요. 그러니까 멘토가 되어 달라고 당당하게, 도도하게 요청해도 돼. 학교생활 속에서 내가 여러분을 가르치고 여러분이 나를 가르치는 거나 마찬가지예요.”

세미가 손을 들었다.

“선생님, 두 사람이나 세 사람이 같은 멘토를 정해도 되나요?”

“필요한 일이라면 그래도 되지요. 다만 업혀 갈 생각은 하지 말 것! 척 보면 아니까!”

세미가 왜 그런 질문을 했는지 알 수 있었다. 세미도 나와 같은 사람을 떠올린 게 분명했다. 문제는 방법이었다. 어떻게 서동수 이사에게 멘토가 되어 달라고 청한단 말인가? 세미와 함께 가능한 방법을 죽 적어 보았다.

- 회사로 전화를 한다.
- 이메일 주소를 알아내어 메일을 보낸다.
- 아주 고전적인 방법으로 편지를 쓴다.

“나는 편지에 한 표! 왜냐하면 이사님 나이라면 이메일보다는 편지에 더 마음이 기울 것 같아. 우표 붙인 편지에 대한 향수가 있지 않을까?"

"나도 그럴 것 같아. 그럼 편지로 하자. 편지는 각자 한 장씩 쓰자. 그래서 봉투 하나에 같이 넣어 보내는 거야. 그리고 이건 부탁인데, 만년필로 쓰자. 잉크는 흐린 파란색이어야만 해."

왜냐고 눈썹을 치뜬 세미에게 이유를 말해 주었다. 아빠가 그 색을 좋아했다고. 엄마 서랍에 있던 아빠 엽서의 글씨도 색이 바랬을 뿐, 분명 그 색이라고.

11. 나는 내가 두려워요

하교 시간이 생각보다 늦어졌다. 엄마와 약속한 대로 밥을 새로 지어 저녁을 먹고 나니, 드럼 수업에 시간을 맞추는 건 불가능했다. 성인반에 가야겠네, 하고 생각했는데 시리우스의 얼굴이 떠올랐다. 시리우스가 성인반에 또 올까? 근데 내가 왜 시리우스를 신경 쓰는 거지?

시리우스에게 신경 쓰지 않는다는 것을 나 자신에게 증명하기 위해 일부러 늦게 갔다. 십 분쯤 늦게 갔으니 호흡 시간이 끝나고 분명히 둥둥둥, 탕탕탕 하고 드럼 소리가 울려 퍼져야 할 시각인데 강의실은 어수선하기만 했다. 시리우스가 왔는지 둘러보지 않기 위해 고개를 푹 숙이고 빈자리에 앉자, 그때서야 선생님이 들어오셨다.

"여러분 미안합니다. 급한 일이 생겨서 조금 늦었어요."

나는 분명히 선생님만 쳐다보았는데 갑자기 초능력이라도 생긴 걸까. 3D 안경이라도 쓴 것처럼 나를 중심으로 교실 전체가 입체적으로 펼쳐지더니 뚜- 뚜- 뚜- 소리를 내며 레이더의 초점이 내 자리에서 대각선 위치에 앉아 있는 시리우스에게 맞춰졌다.

아냐 아냐, 시리우스를 본 게 아니었어. 나는 선생님을 본 거야. 대체 이 방에는 몇 명의 내가 있는 걸까. 내가 나에게 주의를 주었지만 또 하나의 나는 이상하게도 시리우스가 무얼 하는지, 이를테면 머리를 긁적이는지, 교복 셔츠의 윗단추를 푸는지, 스틱을 손가락 사이에 끼우고 돌리는지 일일이 다 확인하고 간섭하고 있었다. 미칠 노릇이었다. 아냐 아냐, 이러면 안 돼.

고개를 세차게 흔들고 있을 때 선생님이 말씀하셨다.

"자, 눈을 감으세요. 조용히 숨을 가다듬읍시다. 자, 입 다물고 숨을 크게 들이켜세요. 후욱! 이번에는 숨을 크게 내쉬세요, 후욱!"

나는 선생님의 지시대로 눈을 감았고, 숨을 들이켰다. 그리고 숨을 내쉬는 찰나에 또 하나의 내가 그만 반란을 일으키고 말았다. 눈을 떠 버리고 만 것이다. 그리고 대담하게도 시리우스를 향해 고개를 돌렸다. 그런데 이럴 수가! 시리우스는 이미 눈을 크게 뜨고 나를 쳐다보고 있지 않은가?

시리우스와 눈이 마주친 순간, 민망해서 얼른 눈을 감아 버렸다. 눈을 감기 직전에 시리우스는 한쪽 눈을 찡긋하며 내게 윙크까지 보내왔다. 아, 어떡해, 들켜 버리고 말았어. 시리우스는 내가 자기를 좋아하는 줄 알 거야. 그런 거 아닌데, 시리우스가 오해하면 어쩌지?

베이스 드럼이 엇박자로 시작했던 건 생각나지만, 오늘 새로 배운 리듬이 어땠는지는 기억나지 않는다. 드럼 수업이 끝나자마자 서둘러 나오는데 시리우스가 따라왔다.

"야, 너 왜 눈 떴어? 나 보려고?"

"아니요. 눈이 가려워서 떴는데, 우연히 선배랑 눈이 마주친 거예요. 근데 선배님은 왜 눈 뜨고 있었어요?"

"바보. 너 보려고 그랬지. 난 지난번에도 눈 뜨고 너 봤는데, 몰랐나?"

허걱, 숨이 멎을 것 같다. 스틱이 하늘로 높이 솟구친 다음에 멈춰 있는 느낌. 스틱이 내려오면서 무얼 내려칠지 알 수 없는 느낌. 이런 때는 어떻게 해야 하는 거지? 정말일까? 시리우스는 나에게 관심이 있는 걸까? 혹시 만나는 여자마다 이런 식으로 작업 멘트를 날리는 건 아닐까? 뭐랄까, 그는 여자를 밝히는 돈 후안이거나 카사노바? 아아, 모르겠다. 이런 때는 도망치는 게 맞겠지?

"안녕히 가세요!"

큰 소리로 인사를 하고 황급히 걸어 집으로 향했다.

땅만 보며 걷고 있는데, 어디쯤에선가 내 앞으로 불쑥 다가오는 신발을 보았다. 그 신발과 부딪치지 않기 위해 발을 급하게 멈추었고 거의 신발 코가 맞닿을 거리에서 그 신발도 멈췄다. 하얀 캔버스 슈즈.

"왜 도망가니. 집에 데려다 주려는 것뿐인데. 내가 무서워?"

나는 무서운가? 시리우스가? 아님 시리우스를 좋아하게 될까 봐? 나는 무엇이 두려운가? 천천히 고개를 들었다. 그리고 무엇에 홀린 듯 말하고야 말았다.

"네. 선배를 좋아하게 될까 봐 두려워요."

놀란 쪽은 시리우스였다. 시리우스는 후배를 놀리려던 것뿐이었을 텐데, 날 좋아한 건 절대 아니었을 텐데, 왜 그런 말을 해 버렸을까? 시리우스는 내 말에 충격을 받은 것 같았다. 그는 나를 바라보았고, 나도 한동안 시리우스를 바라보았다.

"후배야, 가자. 내가 바래다줄게."

시리우스가 앞서서 걷기 시작했다.

그것이 나와 시리우스의 시작이었다. 고백하건대, 그날 시리우스는 더 이상의 말 없이 아파트 현관 앞까지 나를 바래다주었다. 안녕,이라든가 잘 자,라는 말도 없었다. 그냥 말없이 앞장섰고 엘리베이터 안으로 나를 들여보내고는 조용히 왼손만 들어 보였다. 왼손을 든 시리우스가 곧 엘리베이터 문에 가려졌다.

엄청난 연주라도 시작되려나. 엘리베이터 벽 안에서 원 투 스리

포, 스틱만으로 4비트를 치는 소리가 들려왔다. 알고 싶다, 알고 싶다, 시리우스가 나에 대해 어떻게 생각하는지. 아무에게도 말할 수가 없다, 세미에게조차. 시리우스에 대한 이야기는 하나도 할 수가 없다.

12. 멘토가 되어 주세요

　일은 생각보다 더 잘 진행되었다. 세미는 엄마의 편지까지 받아
왔다. 열성 엄마인 강 여사는 자기소개를 적은 글을 첨부하면서 자
기 딸과 딸의 친구를 위해 서동수 이사가 멘토가 되어 주시길 부
탁한다고 적었다. 지나치게 번거롭게 하지 않도록 보호자로서 지
도하겠다는 추신도 함께.

　"세미 너 대단하다!"

　"대단하긴! 우리 사회가 날 이렇게 만든 거라고. 너희 아빠가 좋
은 분일 거라고 믿지만, 그래도 사회생활 하면서 순수함을 잃어버
리셨을 거 아냐. 이 아이들이 귀찮게 하면 어쩌나, 신분은 확실한
애들일까, 부탁을 들어주었다가 괜히 피곤해지면 어쩌나, 그런 생

각 하지 않게 미리미리 대책을 세운 거야. 여여 너 증거 좋아하잖아. 일종의 증거를 덧붙이는 거야. 이 아이들은 성실하고 신원이 확실한 멘티들입니다, 하는 증거!"

"야, 그럼 담임 선생님께도 부탁드리자. 강 여사님 편지도 보여 드리면서 부탁의 편지 한 장 써 달라고 하면 어때?"

"오, 좋은 생각이야! 그럼 진짜 확실하겠다!"

이번 일은 내가 맡기로 했다. 짐작대로 담임 선생님은 오케이였다.

"대기업의 이사를 멘토로 정하다니, 너희 참 진취적이다! 아니 아니, 너희들 식으로 말해야지. 아주 진취적인걸(Girl)!"

우체국에 가기까지의 과정은 즐거웠다. 내 편지를 맨 앞에, 그 뒤에 세미 편지, 그 뒤에 강 여사 편지, 그 뒤에 담임 선생님의 편지를 순서대로 겹쳐 클립으로 묶었다. 우체국에서 편지를 보내고 나오는 길에 우리는 하이 파이브를 했다. 모든 일이 잘될 거야. 암, 그렇고말고.

*

학교 안에서 호젓하게 있기 좋은 장소를 고르라면 단연 체육관이다. 체육관에는 늘 남자아이들이 농구를 하고 있고, 응원석 군데

군데에 아이들이 모여 있다. 혼자 앉아 있는 아이들도 적지 않아서, 아무도 눈길을 주지 않는다. 그런 면에서는 운동장 나무 아래 벤치에 앉아 있는 것보다 체육관이 훨씬 안전하다. 체육관에서는 오늘도 남자아이들 여럿이 농구를 하고 있었다. 응원석에 앉아 외삼촌에게 문자를 보낸 후 농구 하는 남학생들을 하나하나 바라보는데, 깜짝 놀랄 일이었다. 저기 회색 셔츠를 입은 남학생은 시리우스가 아닌가. 역시 좋아할 만한 상대다, 시리우스는. 벌써 세 골이나 넣었다. 시리우스도 나를 보는 걸까. 시리우스의 눈길이 느껴져 왼손을 조금 들어 가만히 흔들었다. 시리우스는 옆에 있는 친구에게 나를 가리키며 뭐라고 이야기를 한다. 이런 정도의 말이었을지도 모른다.

'2학년인데, 나 요즘 쟤 좋아해.'

생긴 건 별로라는 뜻이었을까. 시리우스 친구는 고개를 저었다.

피, 남이 뭐라고 하든 무슨 상관이람. 시리우스가 내게 특별한 감정을 가진 건 분명하잖아? 나는 다시 한 번 왼손을 슬쩍 들어 준 다음에 자리에서 일어섰다. 그때 휴대 전화가 울렸다. 외삼촌이었다.

"진짜라니까. 문자로 보냈잖아. 내가 필요한 건 외발자전거뿐이야. 꼭이야, 삼촌!"

생일 선물로 다른 예쁜 걸 사 주고 싶다는 외삼촌에게 다짐을 받아 냈다.

체육관 문을 벗어나는데, 시큼한 냄새와 함께 덜 마른 걸레에서 나는 퀴퀴한 냄새가 스쳤다. 남학생 냄새다. 남학생들이 한꺼 번에 달려 나와 내 곁을 지나갔다. 그리고 회색 셔츠. 어, 시리우스 다! 내 앞으로 달려가던 회색 셔츠가 뒤를 돌아 나를 보았다. 그런 데, 그런데, 이럴 수는 없는 일이다. 그는 시리우스가 아니었다. 키 며 머리 모양이며 시리우스와 비슷했지만 시리우스는 아니었다. 나는 도대체 누구를 보고 왼손을 들었단 말인가. 회색 셔츠는 나를 두 번이나 돌아보고는 가 버렸다.

미안, 누군지도 모르는 회색 셔츠야. 내가 착각했어. 시리우스 생각을 너무 많이 했나 봐. 아무래도 내가 정상이 아닌 모양이야. 당분간 드럼 수업은 성인반에는 가지 말자. 그게 낫겠어.

*

서두르고 서둘러서 청소년반 수업에 시간을 맞추었다. 시리우 스는 성인반에만 온다는 걸 알면서도, 혹 시리우스가 왔나 강의실 을 한 바퀴 돌았다. 없다. 나는 일부러 지난번에 시리우스가 앉았 던 자리를 골라 앉았다. 눈을 감고 호흡을 하면서도, 패드를 두드 리면서도 떠오르는 얼굴 하나. 결석한 아이들이 많아서 드럼 세트 에 오래 올라가 있었다. 「She's gone」을 열 번은 친 것 같다.

드럼 교실을 나오는데 한 시간 내내 시리우스 생각만 한 내가 미워졌다. 영화 속 한 장면처럼, 내 앞에 나를 마주 세워 놓고 뺨을 세차게 때려 주고 싶었다. 마주 선 나의 몸이 휘청하도록, 마주 선 나의 뺨이 발갛게 부어오르도록.

오늘은 58＋24일. 엄마 몸에서는 암세포가 점점 늘어나고 있는데, 나는 무슨 짓을 하고 있담. 죄책감에 엄마에게 문자를 보냈다. 저녁 잘 드셨느냐고. 엄마가 보고 싶다고. 엄마는 금방 사랑한다는 답을 보내왔다. 마치 내 문자를 계속 기다리고 있었던 것처럼.

생각해 보면, 시리우스가 차지한 자리는 본래는 없던 것. 원래 없던 것이 생겨나 이렇게 내 온 마음을 휘젓다니. 그러니 마음을 흐트러뜨리는 그것을 사라지게 하여 원래대로 돌려놓으면 되지 않겠는가. 사라지게 하자. 지우자. 시리우스의 얼굴을 대형 지우개로 스윽스윽 지우는 상상을 하며 아파트 단지로 들어섰다. 지우고 비우니 마음이 한결 가벼워졌다. 아파트 1층 현관을 들어서는데, 바로 앞 놀이터에서 공 소리가 들렸다. 골대에 잘못 맞아 '퉁!' 하고 농구공이 튕겨 나가는 소리. 아무도 내 이름을 부르지 않았지만 누가 부르기라도 한 것처럼 몸을 돌려 놀이터로 향했고, 어둠 속에서 하얗게 도드라지는 시리우스의 하얀 캔버스 운동화를 확인했다.

"너도 해 볼래?"

문화 센터에서 여기까지 오는 동안 열심히 지운 시리우스가 어느새 부활하여 내 앞에 서 있다. 시리우스 맞구나. 지워도 소용이 없네. 시리우스가 내민 농구공을 받았다. 그리고 슛을 쏘았다. 공은 골 망을 너끈히 빠져나왔다.

"제법인걸! 하여간 너는 여자애 같진 않아. 그래서 좋지만."

시리우스는 말끝을 흐리며 내 머리를 쓰다듬었다.

시리우스의 손이 닿은 머리끝이 간질간질하더니, 눈을 감고 싶어졌다. 아, 이래선 안 돼. 나는 머리를 좌우로 흔들고는 외치듯 말했다.

"뭘 이 정도 가지고 놀라나? 이래 봬도 다섯 번 슛에 세 개나 넣어서 체육 수행 평가에서 만점을 받은 몸이라고!"

내가 던진 공을 받으며 시리우스가 말했다.

"넌 귀여워!"

귀엽다니? 사람들은 예쁘지 않은 아기에게 귀엽다고 한다던데, 시리우스의 '귀엽다.'는 무슨 뜻일까? 예쁜 편이다? 혹은 말 그대로 진짜 귀엽다?

놀이터 의자에 나란히 앉았을 때 시리우스가 말했다.

"나 오늘 드럼 안 갔다. 네가 성인반에 안 올 거 같아서. 내 예측, 적중률 백 퍼센트지?"

마음을 들킨 것만 같아 두 발만 번갈아 흔들었다. 아무래도 화제를 돌려야겠다.

"근데 그날 망원경은 왜 목에 걸고 있었어요? 진짜 조나단처럼 멀리 보려고?"

"응, 멀리 보려고!"

"와, 감동이다. 진짜?"

"바보, 그 말을 믿어? 친구한테 빌려 주려고 가지고 왔는데, 얼마나 잘 보이는지 자랑하다가 갑자기 불려 가느라고 목에 걸고 있는 걸 깜빡했어. 선생님 놀리려고 그랬지. 선생님들은 학생이 그런 뜬금없는 말 하면 혼을 못 내시거든. 애가 사춘기인가, 애가 반항하나 그거 가늠하느라고 당황하셔."

"에이, 난 또. 진짜인 줄 알고 꽤 멋있다고 생각했는데."

"너 중딩이냐? 아직도 그렇게 유치해?"

시리우스의 어깨가 갑자기 좁아 보였다. 진실을 알게 되는 건 때로 이렇게 맥 빠지는 일인지 몰라. 아마 그럴 거야. 환상이 현실보다, 거짓이 진실보다 아름다울 때가 많을 것 같아. 그래서 모르는 게 약이라는 말도 있는 거겠지.

"여여, 이번 주 토요일에 나랑 놀러 가지 않을래? 9월 모의고사도 끝났고, 학교 말고 외계의 공기를 쐰 지가 너무 오래됐어. 같이 가자."

토요일이라…… 엄마한테 가야 하는데…….

13. 남들에게는 당연한 일

점심시간에 교실에 들어온 선생님은 세미와 나를 교무실로 부르셨다.

"반가운 편지가 왔어! 여여랑 세미, 멘토 숙제는 그럼 성공인 거네! 축하해."

선생님이 주신 우편물은 카드였다. 보낸 이는 서동수 이사. 누가 먼저랄 것도 없이 우리는 체육관으로 향했다. 응원석에 앉아 봉투를 열자, A 그룹의 로고가 그려진 카드가 나왔다. 떨리는 마음으로 카드를 열자 눈부시게 파란 잉크로 쓰인 글씨가 두 눈 가득 들어왔다.

여여 군과 세미 양,

도움이 필요하면 언제든지 연락하세요.

기꺼이 두 분의 멘토가 되어 드리겠습니다.

언제든 저를 도우미로 써 주세요.

—서동수 아저씨로부터

카드를 받아 들고, 몇 줄 안 되는 내용을 다 읽었는가 싶었을 때 눈물이 퍽 쏟아지며 글자가 두 겹 세 겹으로 겹쳐졌다.

아빠, 저의 멘토가 되어 주시겠다고요? 저의 도우미가 되어 주겠다고요? 고마워요. 정말 정말 감사해요. 그런데 아빠, 혹 너무 늦은 건 아닌가요?

*

"자, 다음 순서는 뭐야?"

하굣길에 세미가 진지하게 물었지만, 나도 그걸 모르겠다.

"어떤 문제가 생기거나 궁금한 게 생길 때, 진로에 대해 고민이 될 때 가끔 가서 조언을 구하면 되는 건가?"

"그건 일반적인 멘토 이야기고, 그분은 네 아빠잖아. 네가 아빠에게 원하는 게 뭔지 잘 생각해 봐. 그것과 일반적인 멘토에게 원하는 걸 결합하는 게 우리가 해야 할 일이야."

"그래도 될까? 너의 멘토이기도 한데? 내 욕심만 부려도 돼?"

"물론이지! 너를 중심으로 움직이면 돼. 벌써 잊었어?"

세미는 다시 왼손 새끼손가락을 세워 흔들었다.

그래, 우리는 피의 맹세를 한 사이지. 우리는 삼국지에 나오는 도원결의가 부럽지 않은 사이야.

세미와 헤어져 건널목을 건너려다 파란불을 그냥 보내기로 했다. 교복 주머니에 찔러 넣은 카드가 주머니 밖으로 삐져나와 있다. 교복 주머니가 작으니까 당연한 결과지만, 나는 남들 보라고 일부러 이 작은 주머니에 카드를 넣었다.

'까악!'

주머니에서 카드를 꺼내 들고 마음으로만 소리를 질렀다. 사실은 팔짝팔짝 뛰며 소리를 지르고 싶었다. 모든 사람이 다 쳐다보도록 말이다. 길 가던 사람이 왜 그러느냐고, 무슨 일 있느냐고 물어보면 '우리 아빠가 멘토가 되어 주시겠대요. 어때요? 기쁘겠죠? 신 나겠죠?' 하고 말해 주고 싶었다.

하지만 그건 우스운 일. 어느 딸이 아버지가 조언해 준다고 기뻐 날뛴단 말인가. 다른 딸들에게는 당연한 일일 텐데. 허락을 구하고 부탁하고 할 필요가 전혀 없는 문제일 터이다. 나와 아빠의 관계를 이해받기 힘든 것만큼이나 내가 얼마나 기쁜지를 설명하는 것도 어렵겠다.

14. 계수나무 잎을 닮아 주겠니

"엄마, 다음 주에 추석이잖아. 추석 앞뒤로 재량 휴업일도 끼어 있으니까 그때 엄마랑 오래 있을게. 이번 주말은 여기서 공부하고!"

전화기 너머에서 엄마는 물론 좋다고 했지만 마음이 편하지는 않았다. 나는 지금 남자 친구와 놀고 싶어서 아픈 엄마를 혼자 내 버려 두는 거니까.

토요일 오후. 교복을 벗다 말고 무릎을 꿇고 앉았다.

하느님, 엄마를 도와주실 거죠? 제가 시골집에 가든 안 가든, 제 가 나쁜 딸이든 좋은 딸이든, 우리 엄마는 좋은 사람이니까 엄마를 지켜 주실 거죠?

이렇게라도 용서를 구하고 싶다.

토요일 오후의 지하철은 적당히 복잡했다. 내 정수리에서 시리우스를 향해 점선을 그었더니 그 선은 시리우스의 어깨로 이어졌고, 창에 비친 우리는 다정해 보였다.

9월 중순의 숲 공원은 아직 여름 빛깔이었다. 가을 옷을 서둘러 입은 건 담쟁이덩굴뿐이었다.

"우리도 자전거 탈까?"

"그러자. 난 둘이 타는 자전거, 그거 타고 싶었어."

"촌스럽게. 너 영화 찍냐?"

시리우스는 말은 그렇게 해 놓고, 2인용 자전거를 빌려 왔다.

"앞에 탈래? 넌 내가 앞에 타는 거 못 견뎌 할 거 아냐, 성향상!"

"내 성향이 어떤데?"

"여자처럼 대해 주는 거 싫어하잖아. 그런데 이 자전거는 보통 여자가 뒤에 타거든. 그러니 넌 그게 싫을 테고."

"이런 사소한 데서 남녀 따지는 게 더 촌스러운 거야. 선배 자전거 잘 타지? 힘도 나보다 셀 테고. 그러니 선배가 앞에 타."

하나 둘, 하나 둘, 하고 구호를 외친 것도 아닌데 페달은 똑같이 굴러갔다. 바람은 머리카락 사이사이에 손가락을 집어넣어 내 머리를 쓰다듬어 주었다. 이런 게 달콤하다는 걸까.

"여기 좀 앉을까?"

시리우스가 자전거를 세웠다. 바람은 어느새 내 머리카락 사이를 빠져나와 벤치 옆의 나뭇잎을 흔들었다.

"와, 이게 그 유명한 계수나무구나! 난 전설에만 있는 줄 알았는데."

시리우스가 벤치 바로 옆에 서 있는 나무에 걸린 팻말을 가리켰다. 시리우스는 계수나무 잎을 하나 따더니 내 옆에 앉았다.

"계수나무는 완전 강한 이미지였는데, 잎사귀 생긴 건 너무 여리다. 게다가 하트 모양인데?"

정말이네. 계수나무 잎이 하트 모양이구나.

"몇 개 더 따 줄까? 여자애들은 이런 거 좋아하잖아. 아 참, 여여는 보통 여자 같진 않으니까 싫어하려나?"

그러면서도 시리우스는 잎사귀를 일곱 개나 따 주었다. 하트 모양의 잎사귀를 하나씩 건네는 시리우스의 손가락이 길었다. 대각선으로 메고 있던 가방을 열어 다이어리를 꺼냈다. 계수나무 잎을 받아 갈피마다 하나씩 끼웠다.

"와, 너도 다른 여자애들이랑 똑같은 짓을 하는구나. 넌 진짜 재밌는 애야."

햄버거를 저녁밥으로 먹고 집 앞 공원에 왔다.

"있잖아. 내 친구가 그러는데, 입을 맞추면 여자애 입술이 처음

엔 아주 차갑대. 그렇지만 기분은 좋다는데?"

잠시 시리우스가 하는 말의 속뜻이 뭘까를 생각해 보았다. 지금 나에게 남자애랑 입을 맞춰 보았느냐고 묻고 있는 건가? 아니면 입을 맞춰 보자고 제안하는 건가? 그것도 아님, 그냥 실없는 얘기?

"여여, 입술이 차갑다는 건 어떤 느낌일까?"

계단에 앉은 시리우스의 눈동자가 어둠 속에서 반짝였다. 저 눈빛은 불량한 눈빛인가? 위험해? 아냐, 그런 것 같지는 않아. 위험하지 않을 때는 그저 가볍게 넘기는 게 최고야. 나는 최대한 목소리를 높여 수다스럽게 시리우스의 말을 받았다.

"어이, 선배! 친구가 몹시 부러웠군. 정신 차려. 자넨 고3이야. 대학 가서 실컷 해 봐. 그러고 나서 싸늘한지 뜨거운지 나한테 말해 주기다!"

시리우스는 픽 웃었다.

"하여간 너는……. 그래, 그러자. 나중에 해 보고 말해 주마. 우리 그럼 이제 집에 갈까?"

사실 집에 가고 싶은 건 아니었는데. 집에 데려다 주겠다는 시리우스의 뒤를 따라 걸었다.

그랬던 거로군. 시리우스는 나와 입 맞춰 보고 싶었구나. 어쩌면 내가 아니어도 상관없을지도 모르지. 입 맞추는 게 아니면 집에 가야 하는 것. 그냥 가만히 시간을 나누며 둘이 함께 있을 수는 없을까? 한 30센티미터쯤 떨어져 나란히 앉아 이야기하다가, 침묵하다가, 내가 원하면 시리우스의 어깨에 고개를 살짝 기대는 정도. 그 정도 스킨십이면 좋겠다. 시리우스가 그때 내 어깨를 팔로 감아 안는다면? 안 돼, 그건 위험해. 나만 그에게 기댈 수 있다. 그리고 그는 동상처럼 가만히 있어야 해. 그게 좋겠어. 그게 안전해. 나는 속으로 시리우스와의 사이에 있을 수 있는 안전의 거리를 재어 보았다. 그의 걸음은 빨라지고 나는 느려져 둘 사이의 거리가 꽤 벌어져 있었다.

"잘 자라. 다음에 보자."

시리우스는 아파트 1층 현관문 앞에서 왼손을 번쩍 들었다. 나도 나의 왼손을 들었다. 우리의 왼손이 허공에 몸을 세워 떠 있다. 두 손바닥이 서로를 마주 보며 영원 속에 떠 있다. 그런데 더 이상 무얼 바란단 말인가.

늦은 밤, 시리우스가 준 계수나무 잎을 기름종이에 하나씩 싸서 다이어리에 끼웠다. 가슴이 벅찼다. 하트가 자그마치 일곱 개!

15. 기업이 존재하는 의미, 우리가 존재하는 의미

중간고사가 시작되기 전에 멘토 보고서를 내야 해서, 우리는 목요일 수업이 끝난 후 서 이사를 방문했다. 서 이사 방은 꽤 넓었다.

"꿈나무들이 온다고 해서 특별히 준비했어요."

비서가 내온 차는 코코아였고 옆에는 쿠키도 있었다.

"우선 숙제부터 하는 게 마음 편하겠지요? 내가 아무 말이나 하는 것보다는 질문을 먼저 하는 게 효율적일 것 같은데."

"아이, 서 이사님, 말씀 놓으세요."

세미는 확실히 나보다 애교가 많다. 아니면 아버지 또래의 남자를 대하는 법을 나보다 잘 알거나.

"그럴까? 그래, 보고서에는 뭘 써야 하는 거지?"

"오늘 저희들이 여쭤 보고 싶은 주제는, 대기업의 역할이에요. 경제 시간에 배우지만 현장에서 일하시는 서 이사님께 듣는 건 의미가 다를 것 같아서요."

서 이사는 고용을 특히 강조했다. 대기업은 수익을 많이 창출해서 고용을 늘려야 하고, 고용을 늘리면 고용인의 가정 경제를 안정시키니, 대기업이 사업을 잘하면 국가와 국민에게 기여하게 된다는 요지였다. 건전하고 투명한 경영이 이루어진다면 수익을 많이 내는 것이 결국 가장 큰 사회 환원이라는 이야기는 얼핏 듣기에 기업의 사회적 책임을 외면하는 것 같아서 마음에 걸렸다. 내가 그 점을 지적했다.

"그래, 그럴 수도 있겠지. 하지만 가장 근본적인 걸 생각해 보자는 거야. 정당의 첫 번째 목적은 뭐라고 배웠지?"

"그야 정권을 잡는 거죠."

"그래, 1번이 일단 정권을 잡는 거야. 그다음이 당이 목적으로 하는 좋은 정치를 펴는 거고. 기업도 마찬가지야. 일단 수익을 많이 낸 다음에 번 돈을 얼마나 의미 있게 사용하느냐를 고민하는 거지. 돈을 벌었다는 것은 돈을 벌게 해 준 상대가 있다는 거고, 그 상대에 대한 의무와 예의가 당연히 따르는 법이지. 수익 창출과 사회 환원은 기업이 동시에 추구하는 길이고, 물론 그게 맞기도 하지만 굳이 순서를 매기자면 수익 창출이 먼저라는 거야. 그대들 말처럼 사회 환원이라는 의미를 좁게 생각하면 소외 계층을 돕는 것 같은 일이 되는 거고, 넓게 생각하면 기업 활동 자체일 수도 있단다. 고용을 창출하면 그게 각 개인과 가정 경제에 도움이 되니까."

견학 간 어린이들처럼 우리는 서 이사의 말을 열심히 받아 적었다.

"그런데 둘은 어떤 사이야? 지난번에 보내 준 편지에서는 여여 군과 세미 양으로 소개를 했던데. '군'과 '양'이라, 뭔가 사연이 있나 봐?"

학년 초에 있었던 그 일은 세미가 들려드렸다.

*

"세미랑 나는 매점 갈 건데, 민경이 너도 갈래?"

"그래, 가자. 근데 너희 둘 사귀니?"

"우리가 왜?"

"왜 맨날 붙어 다녀? 팔짱도 끼고. 어떤 때는 거의 끌어안고 있더구만. 우리 반 애들이 너희더러 사귄다고 하잖아."

"그랬어? 우린 몰랐는데."

"야, 너희한테 대놓고 그런 말을 하는 바보가 어디 있겠어? 뒤에서 애들끼리 수군거리는 거지. 하긴 내가 봐도 여여가 남자고 세미가 여자 같긴 해!"

"내가 왜 남자 같아?"

"그럼 여여 넌 네가 여자라고 생각하니?"

"그럼 민경이 넌 여자냐?"

"나도 가끔 그게 궁금하다. 내가 여잔지 아닌지. 여여야, 그럼 우린 둘 다 여장 남자?"

민경이와 나는 객쩍은 농담을 주고받으며 방정맞게 웃었다.

반 아이들이 우리더러 사귄다고 한단 말이지? 단짝 친구인 건 사실이지만. 내가 어깨를 으쓱하자 세미도 장단을 맞추듯 어깨를 으쓱했다. 그래서 뭐, 상관없잖아?

그날 점심시간이 지나고 5교시는 국어였다.

"군과 양은 모두 의존 명사야. 이름이나 성 뒤에 붙이지. 예를 들면, 음, 그래. 세미에다가 양을 붙이면 세미 양, 이세미 양, 이 양이 모두 가능하고, 여여에게 군을 붙이면 여여 군, 김여여 군, 김 군, 모두 가능해."

국어 선생님이 여기까지 말씀하셨을 때 아이들은 깔깔대고 웃기 시작했다. 민경이 웃음소리가 제일 컸다.

"왜, 뭐가 우스워? 선생님 얼굴에 뭐 묻었니?"

"아니요, 진짜 여여 군과 세미 양이 맞거든요. 쟤네 둘 사귀잖아요."

내 뒤에 앉아 있던 민경이가 선생님께 대답했다.

"그래? 여여가 그렇게 남자 같단 말이야? 몰랐네. 군은 꼭 남자에게만 붙이란 법은 없지만, 어쨌든 군이나 양은 의존 명사니까 이름이나 성과 같이 쓸 때는 띄어 써야 맞는다는 거 기억해 둬."

*

"오호, 그렇게 해서 여여 군과 세미 양이 되었군!"

"네, 그때부터 국어 선생님은 물론이고 담임 선생님도, 친구들도 저희를 그렇게 부르기 시작한 거예요."

"그래? 그렇다면 나도 이제부터 세미 양과 여여 군으로 부를게."

멘토 보고서를 위한 몇 가지 질문과 대답을 더 주고받다 보니 약속한 시간이 다 되었다. 서 이사는 자신은 광장동 그린 아파트에 산다며, 세미와 내가 사는 동네를 묻고는 주소를 적으라고 했다. 기업의 홍보 기념품인 USB 세트를 선물로 보내 준다.

"한 시간 만났지만, 엄청 친해진 느낌이지? 그리고 너, 서 이사님이 얼마나 바쁜 분인지를 감안하면 우리한테 진짜 신경 많이 써 주신 거야. 고맙지?"

한 시간의 만남이 너무 짧다고 내 얼굴에 쓰여 있었나 보다. 돌아오는 길 내내 세미는 나를 위로하기 바빴다. 만난 시간의 양이 중요한 게 아니라 만남의 질이 중요하다는 둥, 우리가 서 이사님에게서 알아내야 할 것은 한 시간으로 충분했다는 둥.

"세미야, 나 괜찮아."

초조한 듯 계속해서 종알대던 세미 얼굴에 비로소 미소가 어렸다.

"괜찮다고. 정말이야."

"정말이지? 괜히 걱정했네. 맞아. 너도 괜찮고, 나도 괜찮고, 서이사님도 괜찮아. 우리는 다 괜찮아. 그치? 그리고 괜찮지 않은 게 있음 또 어때? 앞으로 만나서 풀어 가면 되는 거지 뭐. 우리 셋이 이 시대에 이렇게 동시에 존재하는 건 특별한 이유가 있을 거야. 그치?"

언제나 나의 마음을 헤아려 주는 고마운 세미. 나는 세미에게 힘주어 팔짱을 끼었다. 이런 때의 우리는 음, 한 쌍의 바퀴벌레, 아니 아니, 한 쌍의 드럼 스틱 같다.

16. 온몸으로 외발자전거를 타는 엄마

지하철에서 내려 세미는 기다리고 있던 강 여사 차를 타고 학원으로 갔다. 혼자 버려진 것만 같다. 나도 학원에 계속 다닐 걸 그랬나? 1학년 때 한문 선생님께서 그러셨지. 계속 배우기만 하는 건 소용없다고. 학습은 한자로만 보아도 '배울 학(學)'에 '익힐 습(習)', 배우는 것과 익히는 것을 다 포함하는 거라고. 학교에 갔다가 곧바로 학원에 가는 건 배우고 또 배우기만 하는 거라 진정한 내 공부가 될 수 없다고. 그래서 나는 배우기와 익히기를 병행하기로 결심했고, 지금은 그 결심을 실천하는 중이다. 학교에서 배우고 집에서 익히고, 방학 때는 학원에서 배우고 집에서 익히기로. 하지만 오늘은 그 결심을 흔들고 싶군.

아빠를 만난 일도 쓸쓸하고, 나만 버려둔 채 세미가 학원에 가 버린 일도 쓸쓸하다. 집 앞 슈퍼마켓에서 초콜릿을 하나 샀다. 두 꺼운 걸로. 마음이 외로울 때는 단게 위로가 되니까 본능적으로 초콜릿을 산 걸까, 아니면 서 이사 방에서 마신 코코아가 그리웠던 걸까? 초콜릿을 구입한 행동을 스스로 분석해 보며 아파트로 들어섰다. 12층에 내렸을 때, 강렬한 냄새가 코를 찔렀다. 오늘 앞집 메뉴는 청국장? 그러고 보니 우리 집에서 제대로 된 음식 냄새가 난지 꽤 오래다. 나는 찌개나 국을 끓이지 못하니까. 현관 앞까지 번지는 음식 냄새는 식구가 여럿이라는 뜻이고, 둘러앉아 같이 밥을 먹을 만큼 가족들이 건강하고 단란하다는 증거다. 갑자기 허기가 몰려오더니 허리가 꺾였다.

현관문을 열었을 때, 진한 청국장 냄새와 뜨듯한 열기에 나는 당황했다. 청국장은 우리 집 저녁 메뉴였다.

"우리 여여, 어서 와. 배고프지?"

앞치마를 입은 엄마가 나를 반겼다.

어? 엄마! 진짜 엄마네. 하나도 아프지 않은 것 같네? 앞치마를 입은 엄마 모습에 눈물이 핑 돌았다.

"엄마, 왜 미리 연락 안 했어? 올 줄 알았으면 집을 좀 치워 둘걸."

"깜짝 놀라게 해 주려고 그랬지. 창간 기념 전시회에서 인사만 하고 갈 거니까 엄마한테는 신경 쓰지 마. 내일 개막이거든."

"아, 그렇지, 전시회……. 지난번에 정리한 목욕탕 시리즈!"

목욕탕 사진이라면 나도 잘 알고 있다. 엄마는 한동안 나이 든 여자의 몸을 주제로 사진을 찍었다. 축 늘어진 젖가슴과 갈라진 발뒤꿈치, 여러 겹으로 층을 이룬 퇴적암 같은 아랫배, 굽은 어깨, 주름이 자글자글한 손, 눌린 듯 찌그러진 눈과 낡은 복주머니처럼 조글조글한 입가의 주름…….

나도 여러 번 보았는데, 나이 든 여자의 몸은 전혀 아름답지 않았다. 아름답지 않은데, 오히려 추한데, 엄마는 왜 하필이면 늙은 여자의 몸을 찍는 걸까. 물론 엄마는 충분히 설명해 주었다. 나이테 안에 나무의 지난 인생이 들었듯, 나이 든 여자의 주름진 몸에는 그 사람만의 인생이 들어 있다고. 그걸 귀히 보자는 뜻이라고.

그런 이론적인 거야, 나도 충분히 이해한다. 할머니들의 주름진 얼굴과 거친 손을 아름답다고 하지 않을 사람이 어디 있겠어? 그러나 그건 할머니는 고생하셨고, 우리를 위해 희생하셨고 등등의 판단이 들어간 다음의 이야기고, 그냥 미적인 관점에서 보았을 때는 달리 말하는 게 솔직한 거 아닌가? 엄마가 하는 일이란 여성을 일방적으로 편드는 일이라, 늘 이렇게 약간은 억지를 쓰는 종류의 작업이다. 적어도 내 생각에는.

사회는 가난한 사람과 장애인, 여성을 합리적으로 지원하고 응원하고 배려해야 한다는 것이 엄마가 일하는 여권 신문의 주장인 동시에 엄마의 생각이다. 가난한 사람, 장애인, 여성, 동성애자 등

은 모두 소수자이며 소수자는 약자이기 때문이라나? 그러나 나는
그 입장에 온전히 찬성할 수는 없다. 빈곤층과 장애인, 동성애자는
소수자가 맞는다고 생각하지만, 여성이 소수자라니, 여성이 약자
라니, 말도 안 돼! 여성 대통령과 여성 수상이 어디 한둘인가? 국
가 고시에서 여성 합격자는 좀 많은가? 아니지, 대통령과 수상은
남성이 더 많으니까 적절한 예가 아냐. 그건 빼고. 합리적으로 맞
서서 설득하기는 어렵지만, 하여간 여자가 약자라는 데는 동의하
고 싶지 않다.

  그나저나 전시회가 시작되는데 난 그것도 몰랐구나. 아빠와 시
리우스, 두 남자에게 한눈파느라 엄마에게 너무 무심했나 봐. 청국
장에서 보드라운 두부를 건져 먹으며 오랜만에 나는 엄마 딸로 돌
아갔다.

                                    *

  프레스 센터 외벽에는, 여권 신문의 창간 삼십 주년 기념 전시회
를 알리는 현수막이 큼직하게 붙어 있었다. 건물 앞부터 전시장 입
구까지 화환이 줄지어 서 있고, 화려한 조명 아래 사람도 많았다.
사촌 동생을 안은 외삼촌과 외숙모를 따라 전시장을 한 바퀴 돌았
다. 가슴에 꽃을 단 엄마는 인사를 나누느라 바빴다. 전시회는 여
권 신문의 역사를 담은 사진전과 '여성 그리고 삶'이라는 주제의

사진전으로 나뉘어 진행되고 있었다. '여성 그리고 삶'에는 소녀와 청년, 중년, 노년 여성의 모습이 차례로 등장했는데, 우리 엄마인 사진작가 김경주 씨의 작품이 바로 노년의 여성들이다.

조명 덕분일까, 사이즈의 위력일까, 전시회라는 분위기가 주는 덤일까. 여러 번 보았던 할머니들의 주름진 몸은 엄마가 컴퓨터 작업을 할 때와는 달라 보였다. 모니터 안에서 주름진 몸을 숨기려는 듯 구부린 채 민망해하던 할머니는 액자 안에서 어깨를 펴신 것 같다. 갈라지고 주름진 손으로 백발 몇 올을 쓸어 올리던 할머니는 모니터 안에서도 저렇게 웃고 계셨던가? 쓸쓸해 보였거나 민망했거나 외면하고 싶었던 할머니들의 벗은 몸은 전시회장에서 갑자기 생기가 돌고 있었다. 커지고 당당해지고 온화해진 할머니들은 위대해 보였고 예술적인 느낌을 주었다. 주름지고 늘어진 몸에서 아주 약간이지만 아름다움도 느껴졌다.

"안내 말씀 드립니다. 잠시 후에 여권 신문 창간 삼십 주년 기념식이 있을 예정입니다. 내빈 여러분께서는 기념식장에 자리해 주시기 바랍니다."

장내가 정돈되고 기념식이 시작되었다. 여권 신문의 지나온 자취가 낭독되고, 정치인과 유명 인사들의 축사가 지루하게 이어지더니, 전시회에 대한 소개와 함께 엄마 이름이 불렸다. 사람들의 박수 속에 마이크 앞에 선 엄마는 환한 미소와 활기찬 목소리로 인사했다.

"여성으로 산다는 것은 세상과 맞선다는 의미일까요, 세상과 어울린다는 의미일까요? 우리 윗세대의 여성들이나 저희 세대는 세상과 맞서는 쪽이었을 겁니다. 그러나 지금 젊은 여성들은, 세상과 맞설 필요가 없다고 느낄 겁니다. 오빠나 남동생을 위해 자신의 미래를 포기하지 않아도 될 테니까요. 직원 채용에서도 드러내 놓고 남자만 뽑던 시절은 막을 내렸습니다. 두 성별 사이에 차이는 있을지언정 우열은 없다는 것을 자연스레 받아들이는 문화가 형성된 것은, 바로 이분들 덕분입니다. 여성 앞에 놓였던 수많은 장벽과 가시덩굴을 제거해 주시고, 여성들이 손잡고 연대함으로써 발휘할 수 있는 힘을 일깨워 주신 선배님들, 감사합니다."

앞자리에 앉은 머리가 하얗게 센 할머니들을 향해 엄마가 고개를 숙이자, 장내에 박수가 쏟아졌다.

"원로 여성학자들인 게로군!"

외삼촌이 내 귀에 속삭였다. 나도 고개를 끄덕이며 그 할머니들을 한 분 한 분 바라보았다. 저 꼿꼿한 자세, 힘차다. 그러면서도 우아하다. 엄마는 내가 저분들을 닮기를 원했지. 엄마가 왜 그랬는지 알 것도 같다.

"여성의 인간적인 삶과 권리를 위해 헌신해 오신 평범한 선배 여성들의 모습을 사진에 담았습니다. 사회가 상업화되면서 청춘과 젊음만이 가치 있는 것으로 포장되어 소비됩니다. 이제 여성의 나이 듦은 또 하나의 차별 요소로 자리하고 있습니다. 나이가 든다는 것은 아름다움의 상실이고 추해지는 것이며, 경제력을 잃는 것임과 동시에 더 이상 사랑받을 가치가 없다는 의미일까요? 그렇지 않습니다. 그렇지 않아야 합니다. 나이 듦이란, 지혜의 축적이자 상처의 극복이고 삶의 훈장이며 그대로의 고귀한 아름다움으로 인식되어야 한다는 뜻에서 이 사진전이 마련되었습니다. 소녀가 여인이 되고 노인이 되어 나이 들고 늙어 간다는 것은, 완벽한 소통을 위한 전진의 과정입니다. 우리는 끊임없이 소통하려 노력하지만, 오해가 없는 완벽한 소통은 죽음 뒤에나 비로소 가능하죠. 그러니 몸에 주름이 새겨졌다는 것은, 소통을 위해 지난하게 노력해 왔다는 증거입니다. 용서나 화해가 종종 죽음 뒤에 이루어지는 것 역시, 소통을 향한 전진이 비로소 결실을 맺은 거겠죠. 노년과 죽음에 이르기까지 확산되는 소통과 화해는……."

엄마가 소통에 대해서 이야기하고 있다. 죽음에 대해 말하고 있다. 엄마는 단지 할머니들의 주름진 몸 이야기를 하는 걸까. 아니면 머잖아 닥칠지 모를 나와의 영원한 이별을 합리화하고 있는 걸까. 마이크 앞에 선 엄마 모습이 보기 좋아 웃음이 가득하던 외숙모의 얼굴이 점점 어두워지고 있었다. 외삼촌을 바라보니, 외삼촌은 구두 끝만 내려다보고 있어서 표정을 알 수 없었다.

내 생각에 빠져 내용을 놓친 탓일까. 멀리서 윙윙대던 엄마 목소리를 요란한 박수 소리가 덮었다. 엄마는 무슨 말로 마무리를 했을까.

엄마, 엄마도 엄마가 촬영한 할머니들처럼 저렇게 몸에 주름이 자글자글하게 생기길 바랄게. 그래서 엄마가 계속 세상과 소통했다는 증거를 보여 줘. 머리가 하얗게 센 할머니가 된 엄마가 죽음 앞에서 '나는 평생 세상과 소통하려 애썼단다.' 하고 중년이 된 나에게 유언을 남겨야 해. 부디 그래야 해.

"우리 여여, 엄마 연설에 감동받았나 봐?"

내 눈물을 보았나 보다. 정화 이모가 다가와 내 어깨를 토닥였다. 그러는 정화 이모 눈에도 눈물이 맺혀 있긴 마찬가지였다.

엄마가 피곤할 것 같아서 행사 뒤풀이에는 참석하지 않고 돌아오기로 했다. 엄마가 받은 꽃다발과 선물 꾸러미를 외삼촌이 차 트렁크에 싣는데, 저기 보이는 기타 케이스 같은 저것은 혹시, 외발자전거?

"야호!"

환호성을 지르자 엄마가 눈을 크게 떴다. 겨우 이 정도 소리에 놀라시기는!

"누나, 난 여여가 유명 메이커 청바지 사 달라거나 휴대 전화 바꿔 달라거나 그럴 줄 알았지. 생일 선물로는 그런 걸 원하는 거 아냐? 근데 다른 여자애들도 외발자전거 같은 걸 사 달라고 하나? 하여간 우리 여여는 특이해."

"헉, 외발자전거? 서커스 단원이 되겠다는 말은 못 들어 봤다만 우리 여여가 취향이 독특하잖니. 그래서 난 여여가 멋있더라. 여여, 너 외발자전거 잘 타게 되면 거리에 나가서 묘기 부리는 아르바이트 좀 해라. 딸한테 앵벌이 시켜서 엄마 부자 좀 돼 보자."

'하지 마라.'가 별로 없는 엄마는 외발자전거도 거뜬히 수용했다. 다행이었다. 외발자전거를 타고 싶은 이유를 대지 않아도 된다는 것은, 아빠 이야기를 하지 않아도 된다는 뜻. 더불어 거짓말할 필요도 없다는 뜻. 거짓말은 나도 싫다.

17. 걱정 마, 내가 널 잡아 줄게

"진짜? 너희 엄마 짱이다. 우리 엄마 같았으면 그걸 뭐에 쓸 거니, 수능에 그게 나오니, 하면서 혼만 냈을 텐데!"

"걱정 마, 세미 양. 그대도 타게 해 줄게."

"싫어, 난 별로야. 너무 튀지 않아?"

"튀다니, 이건 도전이야. 인생이고! 너도 들었잖아."

"난 다른 도전 할래. 강요하지 마세요! 대신 잘 타게 되면 보여 줘!"

외발자전거 온라인 동호회는 여러 곳이 있었는데, 그중 한 군데에서는 장대 들고 균형 잡는 것부터 해 보라고 했다. 다른 동호회

카페에서는 벽 잡고 서는 것을 먼저 권했는데, 장대 들고 균형 잡는 게 멋있어 보여서 그것부터 하기로 했다. 그런데 그게 쉬운 일이 아니었다. 자루걸레를 장대 대신 들고 균형 잡기를 시작했다. 장대를 든 채 균형 잡고 서는 게 익숙해지면, 손으로 벽을 잡고 벽을 따라 전진하라고? 대체 얼마나 더 넘어져야 그게 가능한 걸까? 근데, 아빠의 딸은, 외발자전거를 잘 타고 있을까? 나보다는 잘 타겠지? 분명 아빠가 잡아 주었을 테니까.

그렇게 생각하자 그 애에 대한 질투로 입술이 삐죽거려졌다. 흥! 칫!

*

외발자전거 안장을 여러 번 쓰다듬어서일까. 아무래도 아빠를 한번 보아야 할 것 같다. 그냥 보고 싶어. 찾아가긴 우습지?

그런 생각을 하고 있는데, 정류장에 도착하는 버스가 눈에 들어왔다. 버스 이마에 적혀 있는 동네 이름은 광장동. 아빠가 산다는 동네. 무엇에 홀린 듯 달려가 버스를 잡아탔다.

광장동은 멀지 않았다. 이 정도 거리라면 우리는 버스와 지하철에서 종종 부딪쳤을 수도 있다. 앞 사람에게 자꾸 눈이 가는 게 이상하다거나 '저 사람을 어디서 봤더라?' 하면서 궁금해했을 수도 있다. 그래, 사는 동네만 봐도 알 수 있어. 우리는 애초부터 멀리 있을 수 없는 사이였던 거야. 아빠가 산다는 아파트 앞을 걸어 보았다. 십칠 년 전에 시간의 단추가 달리 끼워졌다면 내가 여기 살고 있을 수도 있겠지? 그렇게 생각하자 나이키, 맥도널드, 스타벅스같이 나도 잘 아는 간판이 보이기 시작하고, 아까와 달리 언젠가 이 거리에 와 본 듯싶은 마음까지 들었다. 이 길을 아빠가 걸어다니겠지. 이 길로 아빠가 차를 몰고 가겠지. 아빠가 밟은 땅이라고 생각하니 발밑에서 온기도 올라왔다. 아빠, 제가 왔어요. 아빠는 어디 계세요? 아니, 서두르지는 마세요. 천천히 걸어오셔도 돼요. 그 동네 주민이 되어 최대한 자연스럽게 천천히 걸으며 아빠에게 시간을 충분히 줬지만 나를 유심히 보는 사람은 없고 '오, 왔구나!' 하는 아빠 목소리도 들리지 않았다. 그래, 우리는 가깝지만 가까울 수 없는 사이야. 아빠네 동네로 오는 버스는 탈 수 있지만 아빠를 만날 수는 없어. 현실을 받아들여야 해. 어깨를 젖히며 등뼈를 쭉 펴고 가방을 바짝 당겨 메자, 발밑의 온기가 가시더니 금방 발이 시려 왔다. 9월 말이니 아무리 엄살을 부려도 발이 시릴 계절은 아니다. 근데 집에 가는 버스는 왜 이렇게 안 오는 거야?

*

에구머니, 오늘 수요일인데! 어느새 저녁 7시가 넘어 버렸다. 아냐 아냐, 내가 일부러 늦게 가는 건 아니야. 아빠네 동네 가는 버스를 탔고, 엄마의 전화에 이어서 정화 이모의 전화가 왔고, 교복을 빨아 널다 보니 청소년반 수업을 놓쳐 버린 것이다. 교복은 드럼 끝나고 와서 빨아도 되는 거 아니었어? 하고 거울 속의 내가 물었지만, 나는 못 들은 척했다. 시리우스가 있으면 어쩌지? 아니, 시리우스가 없으면 어쩌지? 베이스 드럼을 두 개 놓고 치는 것처럼 가슴이 쿵쾅거렸다. 그 진동에 온몸이 비틀거렸기 때문에 강의실 뒷자리까지 도저히 걸어갈 수가 없었다. 비어 있는 맨 앞자리에 앉았다. 숨을 고르고 있는데, 가만, 다가오는 이 향기는…….

바로 옆에 와서 털썩 앉은 사람은 시리우스였다. 시리우스는 나를 알은체도 하지 않았다. 그렇다고 내가 먼저 '안녕!' 하고 인사하고 싶지는 않았다. 마치 옆에 모르는 사람이 앉은 듯, 아예 아무도 없는 듯 악보를 들여다보다가 스틱을 쥐고 조용히 두드렸다. 나 혼자 본격적으로 연습을 시작할까? 어서 선생님이 들어오셔야 할 텐데. 내가 너무 일찍 왔나? 책상에 올려 둔 휴대 전화가 갑자기 부르르 떨었다. 문자 메시지가 도착했다. 손을 뻗는 순간, 시리우스의 손이 내 손등을 스치며 휴대 전화를 먼저 낚아챘다. 다른 여자애들처럼 '몰라 몰라, 이리 줘잉!' 하고 소리를 지르는 건 유치하다. 나는 뚱한 얼굴로 시리우스를 쳐다봤다. 휴대 전화에 암호를 걸어 두는 친구들 마음을 처음으로 이해하겠군.

시리우스는 버튼을 눌러 문자 메시지를 확인했다. 장난스러운 얼굴도 아니었다. 자기 문자를 보듯 덤덤한 얼굴.

"여여 군, 생일 파티는 어디서 해 줄까? 원하는 생일 선물 리스트도 보내 줘."

시리우스는 내게 도착한 문자를 음절마다 끊어 가며 천천히 읽었다.

"여여 군이라고? 짐작은 했다만, 너 여자 아닌 거 맞구나?"

나는 대답하지 않고 휴대 전화를 잽싸게 빼앗았다.

"……너 생일이냐?"

시리우스를 바라본 채 고개를 끄덕여 주었다. 내 생일을 알려 주는 것도 괜찮지. 시리우스와 나는 특별한 사이일 수도 있으니까. 시리우스는 내게서 곧 눈길을 거두더니 악보를 들여다보기 시작했다. 뭐야, 이야기를 꺼냈으면 더 물어야지. 생일이 정확히 언제냐든가, 축하한다든가.

드럼 수업이 끝나고 시리우스는 나와 나란히 계단을 내려왔다. 별말이 없었다. 우리가 지난주에 숲 공원에 같이 놀러 간 사이가 맞긴 맞나? 아파트 앞 건널목에서 신호를 기다릴 때 시리우스가 물었다.

"선물 뭐 해 줄까? 네가 리스트를 주면 그중에서 고르는 건가?"

시리우스에게 생일 선물을 받을 거라고는 생각해 본 적 없다. 그러므로 특별하게 뭘 바란 것도 없는데, 이상하게 생각해 본 적도 없는 말이 입에서 튀어나왔다.

"나 자전거 배우는 중인데, 잡아 주면 어때? 혼자 탈 수 있을 때까지 잡아 주는 게 생일 선물인 거야."

"자전거? 지난번에 나랑 자전거 탔잖아? 내 뒤에 타겠다고 한 이유가 사실은 자전거를 못 타서였어?"

"아니, 그 자전거 말고 외발자전거!"

시리우스는 기가 막힌다는 듯이 나를 바라보았다. 신호등이 파란불로 바뀌었는데 건널 생각을 안 한다. 그렇다면 나도 여기 서 있지 뭐.

"외발자전거? 하여간 특이해. 게다가 잡아 달라고? 고3에게 시간을 선물받고 싶다는 게 얼마나 큰 희생을 요구하는 건지 알지?"

그런가? 거기까지는 생각해 보지 않았다. 시리우스는 내 대답을 원하지는 않나 보다.

"하지만 뭐, 당연히 선물해 줘야지. 다른 사람도 아니고 여여니까. 언제 선물해 줄까?"

'다른 사람도 아니고 여여니까.' 그 말에 기분이 좋아졌다.

"선배 괜찮을 때!"

"너, 이번 주가 토요 휴업일이지? 나야 놀토가 없다만, 시간을 내지 뭐."

이번 토요일이라. 다음 주부터 중간고사인데, 그래도 괜찮을까? 나는 시리우스와 계속 이래도 괜찮을까? 엄마는 아프고 나는 공부에 집중해야 하는데, 더구나 고2는 예비 수험생인데 이렇게 시간을 보내도 괜찮은 걸까?

또 밥때가 되었다. 엄마가 아프다는 건 참 불편한 일이다. 밥을 제대로 먹을 수가 없잖아. 세미는 맛있는 반찬이 가득한 식탁 앞에 있겠지? 엄마 때문에 나는 손해가 막심하다. 시간 버려, 몸 버려, 성질 버려.

아냐 아냐, 그렇게 생각하면 나만 속상해져. 끝이 없어. 그나저나 엄마들은 참 대단하다. 어떻게 하루 몇 끼니씩 밥을 할 수가 있지? 토요일이나 일요일에 나 혼자 밥 챙겨 먹는 것도 이렇게 힘든데, 식구들까지 챙겨 주는 거잖아? 엄마가 되는 일은 다시 생각해 봐야겠다. 밥 문제 하나만 놓고 봐도 결혼과 출산은 신중하게 선택해야 하는 일임이 분명해.

밥과 김치와 김, 달걀 프라이를 쟁반에 담아서 텔레비전 앞에 앉았다. 화면에는 티베트 망명 정부의 달라이 라마와 승려들의 생활이 나오고 있었다. 무엇이 저리 즐거울까? 별로 풍족해 보이지도 않는데? 달라이 라마와 승려들은 엎드려서 절을 하기 시작했다. 우리가 하는 절과는 달랐다. 저들의 오체투지는 이마, 두 팔, 두 무릎 다섯 부분뿐만 아니라 두 다리까지 뻗어서 몸 전체를 땅에 닿게 하면서 온몸을 신 앞에 던지듯이 절한다.

밥을 김에 싸서 먹다 말고, 달라이 라마처럼 오체투지를 해 보았다. 무릎을 펴 단숨에 엎드릴 때 픽, 하는 소리와 함께 하반신이 마룻바닥에 부딪쳤다. 아이코, 무릎이야! 쉬운 절이 아니구나. 하긴 쉽지 않으니 그 정성이 신에게 가닿는 거겠지. 나도 이제 티베트 승려들의 오체투지로 엄마를 위해 기도해야지. 몸과 마음을 다 바쳐 기도할 거야. 엄마, 잘 견디고 있지? 엄마만 낫는다면, 나 오래오래 혼자 밥 먹어도 괜찮아. 내 무릎이 아픈 만큼 엄마가 나을 것만 같다. 절, 세 번만 더 할까?

*

토요일 아침 8시. 계획을 묻지도 않은 엄마에게 미리 전화해서 구립 도서관에서 시험공부를 하겠다고 말했다. 그리고 아파트 앞 건널목에서 시리우스를 만났다. 검은 케이스에 넣어서 낑낑거리며 들고 간 외발자전거를 시리우스는 한 손으로 쉬이 들어 어깨에 멨다.

"남들이 보면 무슨 악기 메고 가는 줄 알겠다. 어쭈, 제법 무거운 걸!"

내가 졸업한 초등학교 운동장에서는 조기 축구회 아저씨들이 공을 차고 있었다.

"내가 이걸 탈 수 있어야 너를 제대로 잡아 줄 수 있는데, 못 타면서 잡아 준다는 게 좀 그렇다."

시리우스는 내가 담장을 붙들고 외발자전거를 탈 때 따라오며 잡아 주었고 내가 넘어질 때면 얼른 손을 뻗어 잡아 주었다. 내 이마에서보다 시리우스의 이마에서 땀이 더 많이 흘렀다.

마침내 엉덩이를 실룩거리며 외발자전거를 제법 탈 수 있게 되었을 때, 시리우스는 만세를 부르고, 박수를 치고, 펄쩍펄쩍 뛰었다.

"짜식, 제법이다! 넌 귀엽고 기특해. 그거 아냐?"

시리우스의 눈 속에 든 내가 보였다. 시리우스가 내 앞머리를 쓰다듬었다. 앗, 이마에 땀 났는데! 땀이 신경 쓰였지만 시리우스의 손길이 싫지 않았다.

"생일 선물, 고마워."

"선물 받아 줘서 나도 고맙다!"

시리우스는 아파트 앞까지 자전거를 들어다 주고 독서실로 갔다. 아파트 입구에서 집까지 걸어오는 길이 짧지 않았음에도 아침과는 달리 자전거는 하나도 무겁지 않았다. 자전거를 현관 앞에 내려놓자 비로소 팔과 허리가, 어깨와 종아리가 아파 왔다. 아빠가 해 주신 말씀은 옳았다. 외발자전거는 혼자만 탈 수 있었다. 그리고 뒤로 갈 수 있는 것도 맞았다. 멀리 봐야 넘어지지 않고 탈 수 있었다. 아빠 말씀처럼 외발자전거는 인생인 게 분명하다.

이제 중간고사니까 난 아무 생각도 안 할 거야. 시험만 생각할 거야. 정말이야.

"잠깐 줄넘기만 하고 온다고 했단 말이야. 얼른 타 봐."

어찌나 숨차게 달려왔는지, 세미가 입은 트레이닝복의 불룩한 주머니에서 줄넘기 손잡이가 멈추지 않고 달랑거렸다. 시험공부를 하겠다고 마음먹어 놓고 그새를 못 참고 외발자전거를 탈 수 있다고 세미에게 문자를 보내 버렸다. 세미에게는 보이지 않을 괄호 안에 '시리우스가 날 잡아 줬어. 난 지금 행복해.' 하고 적은 참이었다.

세미야, 가끔 시리우스 얘기를 너한테 마구 떠들고 싶어. 시리우스가 날 어떻게 바라보았는지, 어떻게 웃었는지, 나랑 손이 몇 번이나 닿을 뻔했는지 큰 소리로 자랑하고 싶어. 그러면서도 아무에게도 말하면 안 될 것 같아. 보이지 않는 건 깨질 수 없듯이, 우리 사이도 비밀로 하면 깨지지 않을 것 같아. 내 사랑은 다른 사람 손을 타선 안 돼. 나는 엄마처럼 사랑하진 않을 거거든. 그러니까 세미, 너에게조차 비밀이야. 미안! 날 이해해 줄 거지?

시리우스가 있을 때는 분명히 잘 서고 제법 타기까지 했는데, 세미가 지켜보고 있으니 제대로 되질 않는다.

"야, 너 돌아서 있어 봐. 쳐다보니까 잘 안 돼."

"되긴 된 거야?"

세미는 돌아서 있어 주었지만, 꽈당꽈당 자전거 넘어지는 소리를 대여섯 번 들려준 게 전부였다. 빨리 오라는 강 여사의 문자를 받고 세미가 가 버린 뒤에도 균형 잡기는 제대로 되지 않았다. 이상하다. 아까는 분명 잘되었는데……. 집으로 돌아와 푸푸 소리 내며 찬물에 세수했다. 책상 앞에 앉아 문제를 풀기 시작했지만, 곧 벌떡 일어나고 말았다. 시리우스가 만졌던 앞머리에 자꾸만 손이 간다. 누군가 앞머리를 간지럼 태우는 것 같아. 문제집은 계속 같은 페이지, 찬물에 또 세수를 해야 하나?

18. 어기여차, 어기역차

"아야야."

몸을 움직일 때마다 신음 소리가 절로 났다.

"대체 왜 그래?"

"하도 많이 넘어져서 그래. 이상하네. 타기는 토요일에 많이 탔는데, 왜 오늘이 더 아프지?"

"원래 그런 거야. 파스 줄까?"

"걸어 다니는 약국아, 됐다. 아야야, 근데 좋은 점도 있어. 여기 만져 봐. 알통 생겼다!"

나는 힘을 잔뜩 주어 팔을 구부려 보였다. 세미가 내 팔뚝을 만졌다.

"진짜네?"

"자전거 안장을 잡고 힘주고, 넘어질 때마다 그 무거운 걸 지탱하니까 알통이 저절로 생겨. 어때, 멋있지?"

"피, 하여간!"

중간고사 첫날 아침은 그렇게 태평스레 시작되었다.

*

참 이상하다. 시험 기간에는 하고 싶은 게 많아진다. 재미있는 것도 많아진다. 지루한 다큐멘터리도 매 순간이 놓치기 아쉬운 명작이 되고, 뉴스도 흥미진진하고, 자주 보던 광고에서도 새삼스레 숨은 재치가 엿보이기 시작한다. 그 바람에 평소보다 텔레비전을 더 자주 보았다.

아빠네 동네도 한 번 다녀왔다. 우연히 만날 것만 같은 마음. 신이 알아서 우연히 만나게 해 줄 것만 같은 기대.

*

아무래도 시리우스는 나에게 과한 사치였나 보다. 시험 전부터 마음이 여러 갈래였다. 2학기 들어 아이들이 더 열심히 공부하는 분위기라 시험에 몰입해도 내신 성적이 잘 나오기 어려운 상황인데, 지나치게 나태했다. 한 과목 한 과목 시험이 끝날 때마다 공부를 덜한 것이 후회되면서도, 잠시라도 누워 시리우스와의 지난 순간들을 달콤하게 복습하고만 싶다. 그럴 때마다 안간힘을 쓰며 침대 이곳저곳에 두껍고 딱딱한 엄마의 사진 책을 던져 놓았다. 내가 눕지 못하게.

시험 범위를 복습하는 게 아니라 시리우스와의 추억을 복습하고 싶은 유혹과 싸우느라 시험 셋째 날까지 대체 뭘 하며 보냈는지 알 수가 없다. 이전까지의 등수를 오히려 깎아 먹게 생겼다. 수요일이지만 드럼 수업에 가는 건 미친 짓이다. 시리우스와 같이 배운 곡들을 컴퓨터에 깔아 자동으로 실행되게 했다. 수업 빠지는 대신 잠시 음악을 듣기로 하자. 가지 않겠다고 결심해 놓고도 8시가 되자 가슴이 뛰기 시작했다. 밖으로 나가야 할 것만 같았다. 그런 자신이 한심스러워 이를 닦고 세수를 했다. 오늘 벌써 몇 번째 세수를 하는 건지. 엄마를 생각해서라도 공부하자. 마음을 새로이 하기 위해, 시골집에 전화를 했다.

"겨우겨우 잠들었어. 아무래도 기운이 달리는 모양이야. 너무 힘들어하기에 진통제를 한 알 더 늘렸네."

엄마 소식을 전해 주는 무 할머니의 목소리는 많이 가라앉아 있었다.

엄마가 많이 아프구나. 그런데 나는 이러고 있구나. 나는 시험을 봐야 하고, 엄마는 아프고, 시리우스는 내 머릿속에 꽉 차 있고, 내 마음은 외롭다. 혼자 있다는 것이 이런 느낌이었구나. 급하게 해야 할 일이 분명 있는데, 그게 뭔지 모르겠는 느낌. 누군가 오기로 했는데, 약속 시간에 나타나지 않아서 초조하고 걱정되는 느낌. 체한 것처럼 가슴이 답답하고 아랫배가 묵직한 느낌. 중력이 온몸으로 느껴지고, 자석 벽에 몸이 철근처럼 들러붙어 있는 느낌. 굳어 가는 찰흙 덩어리 속에 갇혀 있어서 팔다리를 휘젓는 게 몹시 힘든 느낌. 그래서 마음마저 없어져 버린 것 같은 때, 고맙게도 세미가 전화를 해 주었다. 매우 반가웠음에도 이상하게 말은 퉁명스레 나갔다.

"왜?"

"뭐 해?"

"암것도."

"시험공부 안 해?"

"용건만 말해."

"그냥 전화해 본 거야. 근데, 너 아무래도 이상해. 무슨 일 있구나? 이 언니가 보기엔 '어기역차'를 실천해야 하는 순간인 것 같다?"

5월에 받은 또래 상담 교육에서 배운 대화법의 머리글자가 '어, 기, 역, 차'다.

어―어떤 문제인지 들어 주기

기― 기분이 어떤지 듣고 이해하기

역― 입장 바꿔 보기

차― 생각의 차이를 인정하기

또래 상담 법을 배운 것만으로도 우리는 봉사 활동 시간을 세 시간이나 채울 수 있었다.

"그럼 나한테 어기역차 해 줄래?"

기대고 싶다. 세미에게든 그 누구에게든.

"잠깐 기다려. 침대에 가서 누울게."

"그럼 나도 침대로 가서 누울게."

눕고 싶어질까 봐 침대 여기저기에 던져 둔 책들을 걷어 책상 위에 쌓았다. 몸을 던지듯 눕자 침대가 쿨렁, 하고 흔들렸다.

"여여, 네가 먼저 나한테 상담하는 거다. 말해 봐, 어떤 문제야? 시험 망쳐서?"

세미는 '여기역차' 순서에 맞춰 차례대로 질문할 셈인가 보다.

"여러 가지. 시험도 망치고, 생각해서는 안 되는 일이 자꾸 생각 나고, 엄마는 더 아프신 것 같고. 당장 발등에 떨어진 불도 끄지 못 하는 내가 싫고. 기분이 꾸질꾸질해."

"그랬구나. 지금 기분을 좀 더 설명한다면?"

"설명하긴 어려워. 좀 쓸쓸하고 무섭고 내가 불쌍하기도 하고 엄마가 불쌍하기도 하고. 내가 엄마 딸이 아니고 엄마가 내 엄마가 아니면 좋겠다는 기분?"

"그래. 나도 강 여사가 우리 엄마가 아니었으면 싶을 때가 많아. 너도 알잖아. 엄청난 간섭과 감시 말이야. 그럼 우리 강 여사가 네 엄마면 어떨까? 그게 더 나아?"

"치, 너 진짜 유치하다. 내가 유딩이냐, 그런 질문 받게? 그래, 나는 나고 너는 너라는 거 인정하마."

"서로를 너무 잘 알아서 그런가? 너랑 어기역차를 하는 건 좀 어렵다. 이번에는 내 차례야."

"네가 무슨 문제가 있다고?"

"있거든!"

"그래, 그럼 해. 어떤 문제야?"

"세훈이가 화장실을 더럽게 써. 정말 내쫓고 싶어. 그렇게 여러 번 말했는데도 오늘도 변기 커버를 안 올리고 쓴 거야. 그 반짝이는 노란 자국, 미쳐!"

"그래서 기분이 어때?"

"어떻긴, 기분 나쁘다니까. 우리 학원 선생님이 그러셨어. 남자들은 기저귀 떼면 교정이 불가능하대. 남자라는 종족은 진화하질 않는대. 맞는 것 같아."

"내가 입장을 바꿔 놓고 생각해도 기분이 좋진 않겠다. 근데 그거 아냐? 우리 집엔 남자가 없어서 변기에 남자 소변 묻어 있는 게 어떤 기분인지는 정확히 모르겠다."

"야, 그래서 역지사지로 이해해 주는 건 불가능하다고? 넌 상상력도 없나?"

"응, 없어. 하여간 차이를 인정할 수는 있겠다. 너랑 나랑 가족 구성원이 다르다는 차이."

어기역차에 억지로 맞춰 가며 실없는 말만 하다가 끊었는데도 기분이 한결 나아졌다. 세훈이와 화장실 사용법을 두고 다투는 세미. 세미야, 오늘은 네가 지겨워하는 그 다툼마저도 부럽다.

세미네 집에 처음 놀러 갔을 때, 세훈이에게 내가 먼저 인사했지. "안녕! 나, 너네 누나 친구야." 그러자 세훈이는 "어, 누나 아닌데…… 우리 형이에요!" 했어. 세훈이가 세미를 그렇게 말하는 게 부럽고 멋져 보였어. 세미처럼 소녀 같은 아이를 형이라 부르다니, 세훈이가 머릿속에 그려 놓은 누나에 대한 환상은 어떤 것일까. 나도 멋진 형이 되고 싶어. 여자인 채로 남동생에게 '우리 형이에요.' 하고 소개받는 특별한 누나가 되고 싶어. 왜 엄마는 동생을 만들지 않았을까? 그렇게 파격적으로 살 거였으면 아버지가 다른 동생도 만드는 게 더 분명한 태도 아닌가? 쯧쯧, 형으로 살 기회를 놓쳤군. 안됐다, 김여여.

세미에게 문자 메시지를 보냈다.

세미야, 고마워. 우리 시험공부 조금 더 하고 자자.

19. 몰랐어 ? 너는 나만의 너여야 해

　라볶이의 라면만 골라 스파게티처럼 나무젓가락에 둘둘 말며 시리우스가 말했다.

　"사실 나는 너 같은 애보다는, 분위기로 치면 퇴폐적인 분위기가 더 좋아. 섹시하잖아. 왜, 드럼반에 다니는 대학생 누나 있지? 머리 염색한, 약간 놀기 좋아할 것 같은 누나. 난 그런 여자가 좋아. 하지만 너도 좋아. 너는 너만의 색이 있으니까."

　떡을 찍을까 어묵을 찍을까 망설이고 있던 나는, 순간 포크 끝부터 손, 팔을 타고 머리끝까지 분노의 전류가 빠작, 하고 흐르는 것을 느꼈다.

　'뭐? 너도 좋아? 네가 좋아,가 아니고 너도 좋아? 수많은 사람

중에서 나도 좋단 거야 지금?'

포크를 소리 나게 테이블에 내려놓았다.

"나 갈게."

"어? 벌써? 라볶이 먹고 싶다며?"

"이제 먹기 싫어졌어."

"왜 그래? 너 화난 것 같다?"

"응, 화났어."

"왜? 내가 뭐 잘못했어?"

"응."

"내가 뭘 잘못했는데? 나는 아무것도 안 했는데?"

"응, 선배는 아무것도 하지 않았어. 생각만 했지. 근데 그게 잘못이야."

내가 분식점 문을 열고 나오자, 시리우스는 다 먹지도 않은 라볶이 값을 서둘러 지불하고 따라 나왔다.

"왜 그래? 이유를 얘기해 줘야 알 거 아냐? 라볶이 먹자며? 그래서 먹고 있었잖아?"

항의하고 따지며 따라오는 시리우스를 무시할까 하다가 육교 아래서 걸음을 멈췄다. 시리우스는 흠칫 놀랐다. 내가 그렇게 갑자기 돌아설 줄은 몰랐나 보다.

"어어…… 그, 그래. 어디 말 좀 해 보자. 대체 왜 그래?"

"그래, 이야기할게. 선배, 아직도 모르겠어? 나는 나만 좋아해야

해. 누구랑 비교하는 거 싫어. 나만의 색깔이 있어서 나도 좋아한
다고? 난 '나도' 좋아하는 건 싫어. '나만' 좋아해야 해."

애가 무슨 소리를 하나 싶은지, 선배는 눈만 껌뻑거렸다. 그러다
가 한참 후에야 알아들었나 보다.

"에이, 난 또 뭐라고. 너 그 누나 질투하는구나?"

"나 참, 진짜 유치하다. 난 나고 그 대학생은 대학생이지 질투는
무슨 질투야. 선배는 그렇게밖에 머리가 안 돌아가? 선배 완전 바
보구나. 그래, 내가 바보하고 무슨 이야기를 하겠어. 상대하는 내
가 바보지."

"어, 야아, 자세하게 이야기해 줘 봐. 그 누나를 질투하는 것도
아니고, 그러면서도 그 누나 이야기를 하는 건 화가 나고. 그럼 대
체 네 마음은 뭐야?"

"아직도 모르겠어? 난 그 대학생 언니를 질투하는 게 아냐. 주변
에 누가 있든 선배는 나만 바라봐야 해, 나만! 아휴, 관둬. 이제 끝
이야."

몸을 돌리는데 내 몸에서 휙, 하는 바람 소리가 났다.

내가 시험까지 망쳐 가며 매순간 생각하고 그리워한 시리우스
가, 아무 여자나 좋아하는, 내가 싫어하는 분위기의 여자를 특히
더 좋아하는, 그런 남자였다니. 그 대학생 언니가 좋다고? 그럼 세
미가 이야기했던 은아네 언니, 그리고 3학년 여신은 다 사실이었
던 거야? 시리우스 주변에는 여자 천지였던 거야? 그런데 왜 나한

테 윙크를 하고 집에 데려다 주고 그랬던 거야? 그럼 나랑 같이 보
낸 시간은 뭐야? 저 불결한 손으로 심지어 내 머리까지 쓰다듬다
니. 시리우스의 손가락이 스쳐 간 앞머리 사이사이에 갑자기 송충
이 한 마리가 꼬무락꼬무락 꼼꼼히도 기어갔다. 소름이 끼쳤다. 시
리우스는 나를 잡지 않았고, 뒤에서 이름을 부르지도 않았다.

그래, 저것 봐. 시리우스는 바보거나, 잠시 나를 가지고 놀았거
나 둘 중 하나다. 어느 쪽이든 내가 시리우스에게 더 이상 관심을
가지지 않을 이유로는 충분해.

*

어떻게 나도 좋아하고 다른 여자도 좋아할 수 있지? 용서 못 해.
어떻게 이 여자 저 여자를 다 좋아할 수 있지? 말도 안 돼.

시리우스의 전화번호를 휴대 전화에서 삭제했다. 그러고도 부
족해서 시리우스를 지워야 하는 이유를 종이에 적었는데, 도중에
잠이 들었나 보다. 심지어 울기까지 했나, 아침에 보니 종이가 쭈
글쭈글했다.

1. 엄마가 아프다.
2. 불결한 바람둥이다.
3. 공부에 방해가 된다.

교복을 입는데 갑자기 서글퍼졌다. 아무래도 나는 남자 복이 없나 봐. 아빠도 있으되 없지, 남자 친구도 있는 것 같았는데 없지.

학교에 가서도 내내 무언가를 골똘히 생각했는데, 정작 무얼 생각했는지는 알 수가 없다. 박자를 잃은 드럼 연주처럼 내 컨디션은 제일 중요한 게 실종된, 그런 상태다. 멍한 상태와 쓸데없는 생각하기를 반복하느라 체육복도 안 가져가서 세미가 옆 반에서 빌려다 주었다. 머리가 아프다고 했더니 세미는 두통약을 두 알이나 꺼내 줬다. 얼른 집에 가서 이불 뒤집어쓰고 자야지. 쿨쿨 자면서 다 지워 버려야지.

침대 속에서 꼼짝도 하지 않았지만 잠은 오지 않았다. 따라서 시리우스도 지울 수 없었다. 이렇게 미워졌는데도 왜 시리우스 생각이 떠나지 않는 걸까. 나는 시리우스를 진짜 좋아하는 걸까. 시리우스를 남자 친구로 삼고 싶은 건가. 그의 연인이 되고 싶은 건가. 답도 없는 질문을 이어 가는데, 현관 번호 키 누르는 소리에 이어 문 열리는 소리가 났다. 엄마와 외삼촌이었다.

"엄마랑 내일 병원 가려고."

"많이 아파?"

"아니, 그건 아닌데, 배가……."

엄마는 쓸쓸하게 미소 지으며 배를 쓰다듬었다. 만삭의 임산부처럼.

"복수가 찼나 봐. 뭐 걱정할 건 아니야. 복수 빼는 건 간단해. 주기적으로 처치하면 돼."

불안해졌지만, 그동안 연습해 둔 '명랑'을 꺼낼 차례라는 생각이 들었다. 그러나 이번에도 명랑은 삐거덕거렸다.

"……응. 그래, 엄마. 걱정할 거 없네. 내가 얼른 자리 펼게."

엄마 자리를 봐 주고 쉬라고 안방 불까지 끄고 나오자, 삼촌이 가신다고 했다. 배웅하려고 따라 나가니 그냥 있으라신다.

"괜찮아. 엄마 많이 아픈 거 아니니까 걱정하지 마라. 내일 아침에 삼촌이 다시 올게. 우리 여여, 잘 자."

손만 흔들어 삼촌에게 인사했다.

나의 지식이란, 거의 포털 사이트에서 검색해 본 것들뿐이다. 복수가 차면 어떻게 된다는 건지도 인터넷에 물어볼 수밖에 없다. 복수가 찬다는 것은 위험한 신호이기도 하고, 그저 투병 과정이기도 하고, 경우에 따라 차이가 많았다. 후자라고 믿고 싶지만 현실은 다를 수도 있음을 충분히 알겠다.

복수가 찼다는 소식이 주는 불길함과 엄마에 대한 미안함으로 어찌할 바를 모르겠는데 문자 메시지가 도착했다. 이미 지운 이름이라 발신자 이름이 뜨지 않았지만 번호만 보고도 알 수 있었다. 시리우스다.

놀이터에 있을게. 잠깐만 보자.

나가지 말라고, 엄마가 아파서 온 이 상황에 남자애의 문자 메시지 따위는 못 받은 척하라고 마음은 도도하게 명령했지만, 거실을 다급하게 서성이던 다리는 어느새 멋대로 신발을 신고 있었다.

아냐 아냐, 이런 때일수록 냉철하고 단정하게 보여야 해. 현관문을 열다가 다시 방으로 들어와 머리를 빗었다. 입고 있던 줄무늬 죄수복을 벗고, 엄마가 잘 어울린다고 했던 청바지를 입었다. 인디언 핑크색의 후드 티셔츠까지 챙겨 입고 거울을 보았다. 거울 속 여여에게 내가 씩 웃어 주었다.

그래, 잘 정리하자. 내가 무얼 원하는지는 나 자신도 모르지만, 이대로를 원하는 건 아니니까 그만 만나자고 하자. 아니, 어쩔 수 없이 종종 볼 텐데 그만 만나자고 하는 건, 나 혼자 오버 하는 건가. 그렇다면 개인적으로 따로 만나는 건 그만하자고 하자. 결론을 내지도 못하고, 거울 앞에 너무 오래 서 있었나 보다. 다시 메시지가 도착했다.

나오기 어려운 상황임? 내일 다시 올까?

곧 나가겠다고 답을 보냈다. 안방 문을 한 뼘만큼만 열었다.
"엄마, 잠깐 세미 만나고 올게. 아파트 단지 안에 있을 거니까 걱정 마."

"세미가? 이 시간에? ⋯⋯일찍 들어와."

엄마의 말투는 누구보다 내가 잘 안다. '일찍 들어와.'라고 한참
있다 말한 걸 보면, 엄마는 세미가 아닌 걸 알았다.

시리우스는 그네에 앉아 있었다.

"어제⋯⋯ 잘 잤어?"

"응, 잘 잤어. 선배도 잘 잤어?"

"응, 나도 잘 잤어. 잠은 잘 잤는데, 공부는 안 되더라. 너한테 하
도 혼이 나서 그런가 봐."

"내가 선배를 혼냈나?"

"내가 느끼기엔. 우리 저기 공원까지 걸어갔다 올래? 그냥 답답
해서. 내가 다시 데려다 줄게."

시리우스가 답답하다고? 나도 답답하다. 그런데 뭐가 답답하냐
고 누가 묻는다면 대답할 순 없다. 뭐가 답답한지는 꼬집어 말할
수 없으니까.

산책 길을 새로 만드느라 공사 중이라는 팻말이 공원 곳곳에 붙
어 있었다. 시리우스는 말없이 나무 의자를 가리켰다. 분수대 바로
앞이었다. 물을 뿜지는 않지만, 분수대에는 물이 고여 있었다.
먼 불빛이 내려앉아 분수대 위에서 일렁였다.

시리우스는 부스럭거리며 주머니에서 뭔가를 꺼냈다. 칙, 하고

불붙이는 소리가 나고, 매캐한 연기. 헉, 담배? 선배가 담배를 피웠나?

"내가 담배 피워서 놀랐니?"

"아, 아니……. 응, 조금."

"나 담배 피워. 독서실 옥상에 올라가서 매일."

어, 그래? 하고 놀라야 할지, 그렇구나, 하고 고개를 끄덕여야 할지 도무지 알 수 없는 상황이다. 시리우스는 담배를 다 피우고 담배꽁초를 땅바닥에 휙 던졌다. 신발로 담뱃불을 비벼 끄고도 나를 보지 않았다.

"나도 그런 생각 했었어. 너랑 특별히 친하게 지내도 재미있겠다고. 영화도 보러 다니고 놀이공원도 가고 드럼도 같이 치고 별자리도 보러 가고. 너랑은 같이 할 수 있는 일도 많을 거야. 우리 반에도 여자 친구 있는 애들 있거든. 근데, 나는 고3이잖아. 변화를 만들면 안 되는 시기야. 고3이 되면 원래부터 있던 여자 친구는 깨지 않고 무조건 그냥 둬. 공부 외에 마음을 쓰면 안 되니까 헤어지는 짓도 일부러 안 하는 거지. 여친을 만드는 건 끝장이야. 그런데 난 바보같이 너를 새로……. 내가 규칙을 위반한 거야. 내 말 이해해?"

나는 대답하지 않았다. 누가 뭐랬나? 내가 언제 선배의 여자 친구가 되고 싶다고 했나? 그런 적 없다. 고3인데 공부에 방해될 만큼 같이 놀기를 원했나? 그런 적도 없다. 선배와 놀이공원에 가고 싶다는 생각을 구체적으로 해 본 적도 없다. 정말 그런 바람이나 희망을 가져 본 적이 아예 없다. 나는 그런 걸 바라는 게 아니다.

하지만 선배, 나는 원해. 사랑의 맹세를 원해. 나랑 아무것도 하지 않아도 돼. 그냥 마음으로 날 사랑하고, 나만 사랑한다고 말해 줘. 그거면 돼, 나는. 다른 여자애들이 원하는 선물 같은 건 필요 없어. 같이 놀러 다니는 것도 원하지 않아. 그냥 선배가 나만의 선배라는 믿음만 줘. 그냥 내 눈을 보면서 약속해 줘.

그러나 시리우스에게 그런 희망 사항을 이야기한다면 얼마나 우스울 것인가. 우리는 겨우 열여덟 살과 열아홉 살. 영원한 사랑을 약속하는 건 내 생각에도 우스운 나이.

"그 말 하려고 나 불렀어?"

"응. 나중에 대학 가면 사귀자고 말할 수도 있어. 여여, 너 그 말을 원해?"

"지금까지 안 한 걸 보면 선배는 그 말은 하기 싫은 거잖아."

"아니. 하기 싫은 게 아니라, 웃기잖아. 내가 대학생이 되고 네가 대학생이 되면 우리 마음이 어떻게 달라질 줄 알고. 그때도 우리가 지금 같은 마음이라면 저절로 좋은 사이가 되겠지. 하지만 미래를 약속할 수는 없는 거잖아. 사람들이 왜 그렇게 별자리를 좋아하는지 알아? 그건 약속을 지키기 때문이야. 여름이 오면 작년에 왔던 여름 별자리가 다시 오고, 겨울이 오면 다시 겨울 별자리가 돌아오니까 안심이잖아."

"근데 사람은 그렇지 않다고?"

"응."

"선배는 그럴 수도 있잖아. 다른 사람과 다를 수도 있잖아!"

"응, 어쩌면 그럴 수도 있어. 근데 넌? 너도 그때가 되면 다시 돌아온다고 확신할 수 있어? 네가 성인이 된 뒤에도 나를 계속 좋아할 자신이 있어? 넌 별자리도 아닌데?"

시리우스는 다시 담배를 꺼냈다.

난 그럴 수 있어! 선배만 깨끗한 영혼이면 나는 얼마든지 선배만 바라볼 수 있다고! 자존심을 지키고 싶어서 나는 마음으로만 고함을 질렀다.

"여여야, 누구나 미래를 약속할 수는 없는 거야. 그럼 현재를 충분히 즐기면 된다고 하고 싶겠지? 그런데 우리는 그것도 불가능하잖아. 무엇보다 나는 나를 못 믿어."

그래, 무슨 말인지 다 이해했어. 이리저리 돌려 말하지만 시리우스 너는 이별의 말을 하러 온 거잖아. 시리우스가 담배를 다 피우고 났을 때, 손바닥을 내밀었다.

"왜? 악수하자고?"

"아니, 그거 달라고."

"그거 뭐?"

"담배!"

"달라고 하니까 주긴 주는데, 너한테 이거 줘도 아마 나는 다시 살 거야. 담배 안 피울 자신 없어."

독촉하듯 손바닥을 좀 더 앞으로 내밀자 시리우스는 담배와 라이터를 내 손에 올려놓았다.

"고맙다, 걱정해 줘서."

주머니에 담배를 넣고 돌아서 걸었다. 시리우스가 움직이지 않고 서 있는 게 느껴졌다.

이번에도 안 잡는단 말이지? 너는 기어코 작별을 하고 싶단 말이지?

20. 엄마는 아무 말도 하지 않았다

안방 문을 살그머니 열었다. 엄마는 자고 있었다. 다시 살그머니 문을 닫고, 내 방으로 들어왔다. 책상 위에 시리우스에게서 빼앗은 담배를 올려놓고 그게 시리우스라도 되는 양 노려보았다. 나참, 기가 막히다. 나에게 감히 이별을 선언해? 게다가 내 앞에서 담배까지 피워? 켜 놓은 컴퓨터에서는 드럼반에서 배운, 시리우스와 나란히 앉아 두드렸던 스틸하트의 「She's gone」이 자동으로 반복되고 있었다. 음악을 듣고 있자니, 내가 소용돌이 속으로 빨려 들어가는 것 같다. 그가 가 버렸단 말이지? 시리우스가 건네준 담배가 눈에 들어왔다. 이게 대체 뭐길래 그렇게 피워 대는 걸까? 영화 속에서는 괴로운 순간이면 이걸 입에 물더군.

입에 대고 여러 번 노력한 끝에 담뱃불을 붙이는 데 성공했다. 맵기는 했지만 기침이 쿨럭쿨럭 나올 정도는 아니었다. 하나, 또 하나, 목이 쓰라렸다. 이게 이별의 아픔인가? 이게 실연의 고통인가? 머리가 아프고 어지러웠다. 속도 메슥거렸다. 목이 부어 침을 삼키기 어렵고 방 안에 연기가 가득 찼을 때, 엄마가 들어왔다.

"불난 줄 알았네."

엄마는 이게 무슨 짓이냐고 묻지 않았다. 왜 담배를 피우느냐고도 묻지 않았다. 창문만 활짝 열었다.

"엄마, 나 못났지? 엄마, 나 슬퍼. 내가 이렇게 못난 게 슬프고 속상해. 화나."

엄마는 엄마 어깨보다 높이 있는 내 어깨를 끌어당겨 가만히 안아 주었다.

"엄마는 여여의 모든 면에 충분히 만족해. 엄마는 너를 믿어. 자랑스럽고. 너는 못나지 않았어."

엄마는 내 양쪽 옆머리를 귀 뒤로 넘겨 주더니 나를 침대에 눕혀 주었다. 어렸을 때처럼 가슴 위까지 이불을 올려 덮어 주었고, 토닥토닥 가슴을 오래 두드려 주고는 불을 꺼 주었다. 나는 철없는 딸이다. 엄마가 아픈데, 내가 엄마를 이렇게 해 주어야 맞는데……. 닫히는 문 사이로 엄마를 보며 눈을 감았다. 목도 머리도 마음도 아프지만 슬프고도 행복했다.

다음 날, 엄마 목소리에 잠이 깼다.

"네, 선생님, 여여가 목감기가 심해서요. 제가 집에 있으니 오전
에 돌보다가 오후에 보낼게요. ……네, 고맙습니다."

엄마는 학교에 전화를 하고 있었다. 시계를 보니 벌써 아침 8시
였다.

5교시에 맞추어 오후에 등교했다가 돌아왔을 때, 엄마는 보자기
에 뭔가를 싸고 있었다.

"엄마, 뭐 해?"

"응, 버릴 거 정리했어. 왜 이렇게 필요 없는 게 많은 걸까? 많이
도 지니고 살았어."

엄마 옆으로 뚱뚱한 보따리가 여러 개 줄지어 앉아 있었다.

"짐이든 사람이든 정리는 어려운 거야. 그런데 이렇게 작정하면
또 정리되기 마련이야. 작정하면 뭐든 정리돼!"

엄마는 이마에 송골송골 맺힌 땀을 닦으며, 마지막 보자기 끈을
질끈 동여맸다. 깨끗이 치워진 화장대 위에는 병원에서 받아 온 커
다란 약봉지 하나만 놓여 있었다.

*

복수를 빼고 다소 가벼워진 엄마는 시골로 떠났다. 빈 화장대에 자꾸 눈이 간다. 엄마가 동여맸던 보따리도 수시로 떠오른다. 품위를 잃지 않으려고 정리될 수 없는 걸 정리한 우리 엄마. 연속극에서처럼 차라리 엄마가 외삼촌이나 내 가슴을 펑펑 치며 절규라도 하면 마음이 덜 아플 것 같다.

다시 수요일. 일부러 정확하게 시간을 맞춰 드럼 수업에 갔다. 그동안 나에게는 아무 일도 일어나지 않은 거야. 여기서 누군가를 만나지도 않은 거야. 그러므로 나는 교실 안을 둘러보지도 않았고, 누가 쳐다보는 듯하여 뒤통수가 당기는 느낌도 외면했다. 지난주에 새로 배우기 시작한 걸 그룹의 댄스 곡에 맞추어 신 나게 두드렸고, 교실 안에서도 평소와 다른 일은 일어나지 않았다.

스틱을 주머니에 꽂고 문화 센터를 나서자 차가운 바람이 훅 끼쳐 왔다. 잠시 발길을 멈추고 주변을 둘러보았다. 시리우스를 만나러 가는 것처럼 가슴 한편이 뻐근하게 아프면서 두근거렸다. 선배가 오길 바랐던가. 가슴은 그가 올 걸 미리 알고 있었던 걸까. 시리우스가 있었다.

거봐. 선배가 왔잖아. 정리하고 싶지 않은 거야. 선배는 여전히 내 거야. 잘 있었니, 잘 잤니, 별일 없니, 건넬 수 있는 안부 인사는 열 가지도 넘을 텐데, 시리우스는 아무 말도 하지 않았다. 그저 커다란 쇼핑백 하나를 내밀었다. 뭐지? 이별 선물인가? 아니면……
잘못했다고, 미안하다고 사과의 선물을?

말은 시리우스가 먼저 했다. 그리고 결국 시리우스 혼자만 했다.

"나, 드럼 쉬려고. 수능이 얼마 안 남았잖아."

내가 아무 소리도 하지 않자, 시리우스는 받으라는 듯 쇼핑백을
더 높이 들어 올렸다.

"드럼 패드야. 빌려 주는 거야. 갖고 싶으면 아주 가져도 돼."

아마 시리우스가 오길 바랐을 것이다. 그러나 이런 장면을 바랐
던 건 아닌데. 제발 받으라는 듯, 시리우스는 쇼핑백을 내 얼굴 앞
으로 바짝 밀었다. 보기보다 무거운 그걸 받으며 시리우스의 손만
보았다. 길고도 예쁜 손. 내 것인 듯도 했던 저 손. 이제 시리우스
는 오지 않겠구나. 이런 작별 앞에서는 뭐라고 해야 하나. 시리우
스의 눈을 바라보며, 그래 안녕, 하고 쿨 하게 말해야 하나. 이별을
선언하는 건 나만 할 수 있는 일이니 닥치라고 할까. 아님 이별 제
안이 반갑다는 듯 웃어야 하나.

다음 말 혹은 다음 행동을 망설이고 있는데, 그 시간이 너무 길
었던 걸까. 먼저 갈게,라든가 잘 가,라는 말도 없이 시리우스가 돌
아섰다. 나에게 등을 보이다니. 한 번도 그런 적 없었는데. 말도 안
돼. 등은 배신자나 도망자만 보이는 거 몰라? 하려던 말은 목에 걸
렸는데 이상하게 눈이 뜨거워지더니 시리우스의 등이 흐려졌다.
이 치사한 배신자. 비겁한 도망자. 용서할 수 없어. 날 떠나는 걸 용

서할 수 없는 게 아냐. 나에게 등을 보인 걸 용서할 수 없는 거야.

엘리베이터 안에서 벽에 붙은 거울을 보며 머리를 가지런히 하는데, 손이 부들부들 떨렸다. 분해서였다. 슬퍼서였다. 마음이 쓰리고 아려서였다. 쇼핑백을 쥔 다른 손도 덩달아 떨려서 그 무거운 종이 쇼핑백이 경망스럽게 푸들거렸다.

수학 문제집을 아무 데나 펼쳤다. 문제는 어렵지 않아서 그럭저럭 풀리는데, 자꾸만 앞이 흐려져서 눈을 여러 번 비벼야 했다. 눈에서 손으로 흘러 번지는 이건…… 눈물이다. 그래도 문제를 풀어야 해. 나는 시리우스를 생각하는 게 아니야. 나는 수학만 생각하고 있는 거야. 수학을 놓으면 안 돼, 수학을 놓으면 안 돼. 나 같은 문과 상위권은 영어나 언어, 사회 탐구 과목은 다들 비슷하게 잘하니까 특히 수학 점수가 중요하다. 수학을 놓으면 안 된다고 중얼거리다가 문득 깨달았다. '수학을 놓으면 안 돼, 수학을 놓으면 안 돼.'가 어느새 '시리우스를 놓으면 안 돼, 시리우스를 놓으면 안 돼.'로 바뀌고 있음을.

그런 자신이 용서되지 않아 다이어리를 폈다. 책갈피에 등을 기대고 있는 계수나무 잎들은 주름 하나 없는 편편한 얼굴이다. 시리우스가 따 준 잎사귀를 하나 꺼내 입에 물었다. 코로 올라오는 향기를 맡으며 잎사귀를 씹었다. 입 안에 가득 퍼지는 녹색 냄새. 한때 싱그러웠던 설렘의 냄새. 지난 추억을 입에 머금은 채 문자 메시지를 입력했다.

묻고 싶다

너, 나를 잃고도 행복한가를

문자는 멀리 날아가 시리우스를 스쳤다가 이리로 도착했을까,
한참 지나 내 휴대 전화가 몸을 부르르 떨어 메시지가 도착했음을
알려 주었다.

21. 너 , 나를 잃고도 행복한가

시험 기간은 공부한 내용을 시험 보는 기간이 아니다. 마음 안을 오가는 잡념을 얼마나 잘 제거하는지 시험하는 기간이 시험 기간이다. 나는 다시 유혹에 지고 말았다. 수업이 끝나고 세미와 헤어진 다음에 얼른 집에 가서 공부할 생각이었지만, 버스 정류장을 지나다가 그만 버스를 타고 말았다. 익숙한 그 번호. 아빠네 동네로 가는 버스.

아파트 단지 안을 돌았다. 단지가 커서 다리가 아팠지만, 혹시 모른다. 아빠와 우연히 만날지도. 이 동네는 웬일이냐시면 친척 집에 왔다고 얘기해야지.

우연한 만남까지 대비했지만 날이 어두워지도록 아빠를 만나지 못했다. 하긴 이 시간에 퇴근하실 리가 없지.

하느님, 언제 아빠를 제 앞에 데려다 주실 거예요? 언제 우연인 듯, 우리 둘을 마주 서게 해 주실 거예요?

*

밤 9시가 넘었는데, 세미가 왔다. 교복을 입고 가방도 멘 채.

"감기 기운이 있는 것 같아서 학원에서 조퇴했어. 집에 가기 전에 잠깐 들른 거야. 근데 뭐 하고 있었어? 시험공부?"

"아니, 펜션 보고 있었어. 시험이 가까우니까 자꾸 딴짓이 하고 싶어."

"왜? 놀러 가게?"

"응, 영화 같은 데 보면, 아픈 엄마랑 여행 가잖아. 나도 그러고 싶어서. 코코아 줄까?"

"난 뜨거운 여자야. 그러니까 차갑게 해 줘."

차가운 초콜릿 음료를 만드는 동안, 세미는 컴퓨터 앞에서 내가 골라 놓은 펜션을 들여다보았다.

"여기 좋은데? 근처에 바다도 있고, 작은 솔밭도 있고!"

"나도 거기 마음에 들더라. 그래도 좀 더 찾아보려고."

세미를 마을버스 정류장까지 바래다주고 돌아오며 새삼스레 궁금해졌다. 세미의 순수한 우정을 의심하는 건 아니지만 세미는 나의 어떤 점에 점수를 주는 걸까. 내가 얼굴이 예쁘길 한가, 집안이 좋은가. 그렇다고 특별히 착하길 한가. 세미가 굳이 부러워하는 게 있다면 나의 자유와 잘난 척, 그리고 성적 정도? 그러니 공부를 잘해야 해. 그러지 않으면 세미가 보여 주는 우정에 대한 예의를 지키지 못하는 거야. 그럼 우리 사이는 아무것도 아닌 거야.

집에 돌아와서 곧장 책상 앞에 앉았다. 오늘은 시험공부를 전혀 하지 않았다. 서둘러야 해. 세미는 내가 안심이 되지 않는 모양이다. 집에 가서도 계속 문자 메시지를 보내더니 새벽 1시가 넘었을 때 또 문자가 왔다.

공부 중임?

그렇다고 하니, 졸음 방지 사진을 보내 주겠다고 한다. 그러고 나서 도착한 사진 한 장.

딸을 감시하다가 잠든 우리 오마니.

사진 속에는 이불을 김밥처럼 돌돌 말고 벽을 향해 누운 세미 엄마의 뒷모습이 보였다. 딸 시험공부 하는 걸 지켜본다고 세미 침대에 누워 있다가 주무시는 모양이다. 전 같으면 소리 내어 웃을 재미있는 사진. 그러나 오늘은 모든 게 서글프다. 웅크리고 잠든 세미 엄마도, 전혀 다른 이유로 웅크리고 있을 우리 엄마도. 그리고 그 모든 것들로부터 한 걸음 떨어져 있는 김여어, 나 자신도.

벌써 네 잎사귀째인가. 오늘 내 입을 거쳐 배 속 깊은 곳에 도착했을 계수나무 잎의 신세도 서글프긴 마찬가지일 것이다.

*

개교기념일이다. 세미는 엄마랑 영화 보러 가는데 같이 가자고 했지만, 나는 할 일이 있다. 원래 온전한 작별에는 마무리 의식이 필요한 법이야. 우리가 긴 시간을 함께한 건 아니지만 시리우스와 같이 갔던 모든 장소에 가서, 그 장소마다에 뿌려진 우리의 추억을 남김없이 거둬 오는 거야. 우리는 끝났는데, 우리의 추억만 그곳에 고아처럼 남아 있다면 그건 견딜 수 없는 일. 시리우스가 준 쇼핑 백을 열어 드럼 패드를 처음으로 꺼냈다. 연습용 스텝과 전자 메트로놈까지 들어 있어서 방 안에서도 꽤 호화로운 연습을 할 수 있을 것 같다. 그러나 이게 다 무슨 위로가 될까. 그 모두를 꼭꼭 싸서 옷장 안에 깊숙이 넣었다. 시리우스를 만났던 문화 센터의 드럼 강의실에 제일 먼저 갔다. 동네 공원의 분수 앞에도 갔고, 함께 갔던 분식점과 패스트푸드점에도 들렀다. 곳곳마다에 어린 시리우스와의 추억을 지우는 일은 마음으로 예행연습을 했던 것보다 훨

썬 더 쓸쓸했다. 마지막 의식을 치를 장소로 정한 곳은 둘이 자전거를 탔던 숲 공원이다. 그곳에는 그날의 우리 같은 아이들이 자전거를 타거나 걷고 있었다. 이 자리가 그 자리지? 둘이 앉았던 벤치에 홀로 앉았다. 벤치 옆에는 계수나무. 그리고 저 나무에 닿았던 시리우스의 손.

계수나무야, 안녕? 그래, 나야. 잘 있었어? 근데 어쩌니, 너와 작별 인사를 하러 온 건데. 시리우스와 다시 이곳에 오고 싶었는데 나 혼자 오고 말았네. 혼자 와서 미안해.

누렇게 변해 버린 계수나무 잎을 하나 따서 코에 대 보았다. 아무런 냄새가 나지 않는다. 하트 모양인 계수나무 잎을 갈기갈기 찢자, 말라 가는 가을 잎의 향이 훅 끼쳤다. 낙엽 냄새를 닮은 향기. 이것이 바로 실연의 향기로군. 퍽이나 쓸쓸한 향기. 둘이 앉았던 벤치에 하트의 시체를 조각조각 뿌리고 나자 비로소 모든 것이 끝났다는 느낌이 들었다. 공원 후문으로 나가자 유리 온실이 있었다. 전에 왔을 때도 이곳이 있었던가. 그때는 시리우스만 바라보았기 때문에 다른 풍경은 기억나지 않는다. 온실 안은 야생화 코너와 허브 코너로 나뉘어 있었다. 이름을 하나하나 확인하며 걷다가 놀라서 뒤로 자빠질 뻔했다. 나도 모르게 허 참, 하고 바람 빠지는 소리를 냈다가 큰 소리로 웃어 버렸다. 실성한 사람이 따로 없었다.

세상에, 잎사귀 모양이 하트인 건 계수나무만이 아니었다. 온실 안의 키 낮은 야생화 하나는 하트 모양의 잎을 주렁주렁 달고 있었는데, 이름표에는 자주괭이밥이라고 적혀 있었다. 그뿐이 아니었다. 러브체인이라고도 불린다는 설명이 따로 붙은 세로페지아, 하트호야, 하수오, 하트아이비, 클로버, 사랑초, 동의나물, 곰취…… 죄다 하트 모양의 잎을 매달고 있었다. 온실 안은 바람 한 점 없는데, 수많은 하트 모양의 잎들이 나를 향해 일제히 손을 흔들었다.

날 봐, 나도 좀 봐, 나도 하트야, 나도 나도, 나도 하트야…….

셀 수 없이 많은 하트가 나를 둘러싸고 빠르게 빙빙 도는 통에 어지러웠다. 하트가 이렇게나 많단 말인가. 사랑은 이런 거였나.

돌아오는 버스 안에서 확인한 나만의 휴대 전화 달력은 58+80일이었다. 엄마가 더 이상 가망이 없다는 걸 알게 된 지 58일, 그리고 그 후 엄마와 헤어져 지낸 지 80일. 58+80이라. 숫자는 그런대로 단정하다. 0으로 딱 끝나니 정리에는 제법 잘 어울려.

*

세미는 수능 날에 근처 고등학교로 선배들 응원을 간다고 했다. 나는 싫다고 했다.

"야, 왜 안 간다는 거야? 같이 가자. 응원 문구는 동아리에서 다 준비했다니까. 우린 그냥 새벽에 나가기만 하면 돼."

"싫어. 늦잠 잘 거야."

뻔하다. 어느 학교에 가든 나는 두리번거릴 것이다, 시리우스를 찾아. 시리우스가 어느 학교에서 시험 보는지 알아도 몰라도, 결국은 그의 그림자를 찾아 헤맬 것이다. 그러니 어느 시험장이든 아예 가지 않아야 옳다. 정리했으니까 우유부단하게 옛 상처를 덧나게 해선 안 돼. 지웠으니까 마음에게 혼란을 주어선 안 돼.

수능이라고 온 나라가 떠들썩한 그날 오후, 외발자전거를 메고 초등학교 운동장으로 갔다. 오랜만에 타는데도 외발자전거는 제법 잘 굴러갔다. 시리우스는 나에게 무엇을 주었을까? 위로? 그래, 외롭다면 외로웠던 나에게 그는 위로가 되었어. 기분 좋은 떨림도 주었고. 그리고 자전거도 잡아 줬어. 그가 나에게 그랬듯, 나도 그의 성장 어딘가에 도움이 되었을 거야. 외발자전거는 운동장 바닥에 거대한 문자 메시지를 비틀비틀 써 나갔다. 외발자전거를 타며 내가 온몸으로 보내는 문자 메시지를 시리우스는 수신할 것이다. 진정한 마음으로 전하는 메시지니까 우주의 기운은 선배에게 이 메시지를 꼭 전해 줄 거야.

내 마음이 너에게 가 얹히고 싶었던 건 마음을 어디 두어야 할지 몰라서였어. 나도 나를 모르던 어느 날에 네가 나에게 와 준 걸 감사해. 한동안 최면에 걸린 듯 아름다운 시간이었어. 어른이 되기 전에 그런 감정 느끼게 해 줘서 고마워.

운동장 흙바닥에 거대한 문자 메시지를 새기고 나자 일시에 긴장이 풀리며 외발자전거가 휘청거렸다. 자전거에서 뚝 떨어지듯 내려왔지만, 손으로는 외발자전거를 끝까지 놓지 않았다. 앞으로도 그럴 것이다. 아무리 세게 넘어져도 나를, 나의 삶을 놓지 않을 거야.

22. 하느님은 제 말을 잘못 들으셨어요

학업에 지친 체력을 보충해 주시겠다고? 세상에! 나는 얼떨떨했는데, 세미의 강 여사님은 갑작스러운 서 이사의 초대에 놀라기보다 반가워하셨다. 세미에게 학원도 빠지고 좋은 말씀 많이 듣고 오라고 하셨다. 아무도 묻지 않는 내 상태를 설명하자면 시리우스 때문에 마치 텅 빈 바구니가 된 것 같아서 무언가 채울 것이 필요하긴 하다. 생물학적인 영양 보충 그런 거 말고, 사랑받는 느낌이라고나 할까, 나에겐 정서적인 보충이 필요해. 아빠와 마주 앉는다면 보충과 충전이 가능할까.

*

삼십 분 정도 늦을 듯. 미안! 맛있는 거 시켜 먹고 있으렴.

레스토랑에서 기다리고 있는데 아빠, 아니 서 이사님에게서 문자가 왔다.

"밥 사 주시겠다고 부르셨지만 그래도 우리가 먼저 뭘 시키는 건 예의가 아닌 것 같아. 그치?"

우리는 물잔만 앞에 놓고 여행 건을 의논하기로 했다. 내가 저금통장을 꺼내자 세미는 다이어리를 꺼냈다.

"그럼 계산해 보자. 네 통장에 있는 돈이 칠만 사천 원, 용돈 남은 게 사만 원. 그리고?"

"그러고는 없지. 우리가 홈페이지에 들어가 본 그 펜션은 하룻밤에 십만 원이었지? 차비에 식비도 들 테니까 이걸로는 턱없이 부족하고. 나, 아르바이트할까?"

"무슨 아르바이트? 주유소? 편의점? 그게 쉽겠어? 내 용돈을 빌려 줘도 넉넉하진 않겠지……."

우리 둘이 머리를 맞대고 있을 때 서 이사가 들어왔다.

"무슨 심각한 일이 있으신가?"

"아, 안녕하세요?"

서 이사가 무슨 일이냐고 꼬치꼬치 묻자, 세미가 이야기를 하고 말았다.

"얘가요, 엄마랑 여행 가고 싶대요. 근데 저금한 돈이 부족해서 둘이 작전 짜고 있었어요."

"야, 그런 얘길 왜 해."

"뭐 어때, 이상한 일도 아닌데. 이사님, 여여는요, 자기 혼자 힘으로 엄마랑 여행 가고 싶은 것뿐이에요."

"그거 멋진 태도군! 자, 그럼 일단 우리 뭣 좀 먹자."

아빠, 아니 서 이사와의 시간은 즐거웠다. 우리가 이야기할 때마다 서 이사는 웃으며 들어 주었고 우리보다 훨씬 어리다는 딸 이야기도 해 주었다.

"음, 여여 군과 세미 양을 통해서 이렇게 예습해 두니까, 우리 딸이 고등학생이 되었을 때는 나도 좋은 아빠가 될 수 있겠는걸! 고마워요."

서 이사가 차로 데려다 주겠다 했지만, 우리 둘은 지하철을 타고 가겠다고 했다.

작별 인사를 하는데, 서 이사가 말했다.

"여여 군, 내가 선물받은 호텔 숙박권이 있는데, 그걸 여여 군에게 주면 어때? 여여 군이랑 세미 양이 나에게 좋은 아빠 되는 법을 예습시켜 준 보답으로. 받아 줄 거지?"

미처 대답을 못 하고 있는데 세미가 얼른 고개를 숙였다.

"이사님, 감사합니다. 여여, 뭐 해, 너도 고맙잖아."

그러나 나는 끝내 대답을 못 하고 말았다.

지하철을 타고 오는 동안에도 호텔 숙박권을 받아야 하는지 말아야 하는지 판단할 수 없었다.

"뭘 그렇게 복잡하게 생각해? 아빠가 딸에게 그런 선물쯤 줄 수 있는 거야. 넌 받아도 돼. 그리고 엄마에게도 의미 있는 선물 아냐?"

세미 말이 틀리진 않아. 그렇지만, 이 사실을 안다면 엄마는 어떻게 받아들이실까? 아빠가 누군지 알려 주지도 않았는데, 아빠를 찾아가고 선물까지 받아 오고 아빠가 준 숙박권으로 여행까지 간다면?

*

어느 책에선가 재물 욕심을 바닷물이라 했다. 내게는 아빠가 바닷물이다. 들이켤수록 목이 탄다. 아빠를 또 만난 건 기뻤지만, 갈망이 커지는 일이기도 했다. 찾아가고 싶고, 다시 만나고 싶다. 그리고 우연히 만나고 싶은 마음도 자꾸 커진다. 토요일 그날도 나는 아빠네 동네로 가는 버스를 타고 말았다. 늘 극적인 만남을 꿈꾸었다. 이를테면 길 가다가 아빠를 만나는 꿈. 어디선가 나의 존재를 알게 된 직후에 하염없이 고통스러워하며 길을 걷다가 우연히 나를 만나는 아빠. 이쪽 끝과 저쪽 끝에서 천천히 걸어와 길 중간쯤에 말없이 우뚝 선 두 사람. 그리고 아빠는 나를 끌어안아야 한다.

미안하다고, 사랑한다고, 진작 너를 찾아내지 못해 미안하다고 눈물을 흘려야 한다. 아빠의 뜨거운 눈물이 내 머리카락과 목덜미에 후드득후드득 소나기로 떨어져 내 지난 설움을 씻어 주어야 한다.

하하, 내가 무슨 상상을 하고 있담. 나는 스스로가 한심해서 웃었다. 하늘을 보고 한참 웃고 났을 때, 나는 하느님이 내 '귓속말'을 잘못 들으셨다는 걸 알았다.

초등학교 2학년 국어 시간에 '말 전달하기'를 했다. 첫 번째 아이가 "알쏭달쏭 무지개." 하고 두 번째 아이 귀에 속삭이고, 두 번째 아이는 세 번째 아이에게 자기가 들은 말을 전달했다. 귓속말은 계속 이어서 전달되고 맨 마지막 아이가 칠판에 자기가 들은 말을 글로 적었다.

"울퉁불퉁 물고래."

아이들은 배꼽을 잡고 웃었다. 무지개가 물고래가 되다니, 돌고래는 아는데, 물고래는 뭘까? 알쏭달쏭은 어찌하여 울퉁불퉁이 되었을까? 말은 전달되는 동안 조금씩 달라져 엉뚱한 말이 되었다. 우리가 잘못 들은 까닭이었다.

하느님은 귀가 안 좋으신가. 왜 내 이야기를 잘못 들으셨을까? 하느님은 내가 아빠를 만나고 싶다고 한 소리만 들으시고 어떻게 만나고 싶은지는 잘못 들으셨다.

"이번 정류장은 그린 아파트입니다."

정류장 안내 멘트가 나오고, 출입문 앞으로 나와 내릴 채비를 할 때, 버스는 신호 대기 중이었다. 그때 나는 아빠를 보았다. 양복이 아닌 가벼운 옷차림의 아빠. 그리고 아빠의 손을 잡은 여자아이. 그 옆에서 아빠의 웃옷에 묻은 뭔가를 털어 주는 여자. 셋은 곧 다시 나란히 걸어갔는데, 버스는 천천히 가고 있어서 그 세 사람을 계속 지켜볼 수밖에 없었다.

아빠의 여자를 보았다. 키가 크고 당당한 체격. 미에 대한 저마다의 기준이 다를 수 있을 테지만 내 기준에 고운 얼굴은 아니었다. 다만 매우 안전해 보였다. 건실하겠고 점잖겠고 듬직하겠고, 아이를 잘 키울 것 같았다. 구매자 입장에 아빠를 놓는다면 가격 대비 성능이 높았던 사람이 저 부인인가. 저분에게 아빠도 그랬을까. 버스가 속도를 내기 시작했을 때, 깨달았다. 어느 거리, 이쪽과 저쪽에서 마주 걸어오다가 만나지 않아서 얼마나 다행인가를. 나는 하느님에게 문자를 보냈다.

하느님, 하느님은 저에게 미안해하셔야 해요. 제 부탁을 잘못 접수하신 거, 사과하셔야 해요.

하느님은 내 휴대 전화를 부르르 떨게 함으로써, 미안하다는 사과의 신호를 보내왔다. 이제 더는 이 동네에 오지 않을 거야. 버스

번호를 보고, 무조건 타고 아빠네 동네에 오는 일은 이제 다시는 없을 거야.

　점심을 먹다 말고 세미가 물었다.

"너, 왜 요즘 왼손잡이 연습 안 해?"

　그러고 보니 정말 그랬네. 연습을 그만둔 건 언제부터였을까. 시리우스가 떠난 후부터? 아빠네 가족을 본 후부터?

"에이, 왼손잡이가 되고 싶다며? 여여 군, 벌써 시시해졌어?"

　나는 미트볼을 입에 통째로 넣고 대답했다.

"으, 히히해서서(응, 시시해졌어)."

　미트볼이 입 안에 가득 차서 발음이 제대로 되지 않았다. 그날 저녁 아파트 경비실에서 등기 우편물을 찾아왔다. 서 이사가 보낸 숙박권이었다. 엄마에게는 뭐라고 하지? 선생님이 주신 선물이라고 할까? 정화 이모가 주셨다고 할까? 아무래도 정화 이모와 말을 맞추는 게 낫겠지?

23. 낯설고 두려운 우리의 미래

　호텔 로비에 내 키의 서너 배는 되어 보이는 크리스마스트리가 우뚝 서 있다. 크리스마스는 아직 한참이나 남았는데.

　"엄마, 우리 여기서 사진 찍자!"

　엄마를 끌어당겨 휴대 전화로 사진을 찍었다. 사진을 저장하며 생각했다. 언젠가는 이 사진을 아빠에게 보여 드릴 거야. 그런 날이 부디 오기를. 트리 아래에는 화려한 선물 상자가 예쁜 리본을 달고 놓여 있다. 아마도 빈 상자겠지. 사람들은 저마다 빈 상자를 보며 그 안에 자신이 바라는 선물이 들어 있는 상상을 할 것이다. 음…… 나는 숙박권이 든 선물 상자를 받은 셈이다.

　프런트에 가서 카드를 내밀자, 직원이 친절하게 받아 컴퓨터를 두드리더니 열쇠를 내주었다.

"1407호, 14층입니다. 엘리베이터는 저쪽입니다. 편히 쉬십시오."

열쇠를 꽂자 문손잡이 옆에 조그만 초록 불이 들어왔다. 문을 열자, 우와, 소리가 절로 나왔다. 이렇게 큰 호텔 방은 처음이다. 커다란 침실과 널따란 응접실이 분리되어 있다. 욕실도 두 개나 된다. 이쪽 창밖으로는 검은 산이 보이고, 저쪽 창밖으로는 검은 강이 보였다. 흠, 거한 선물을 주셨네, 고마운 아빠.

"엄마는 이렇게 큰 호텔 방에 가 본 적 있지? 출장도 많이 다녔으니까."

"엄마가 가 본 중에서도 여기는 특급인걸. 정화 이모, 고맙다. 그치?"

"그럼, 고맙지."

"엄마가 고맙다고 다시 전화할까?"

"아니, 내가 했어. 그리고 이모는 원래 엄마 마음 다 알잖아."

"그래, 정화는 내 마음 다 알 거야. 아, 좋다!"

엄마는 개구쟁이 아이처럼 침대에 풀쩍 뛰어올라 앉았다가 벌러덩 누웠다.

샴페인과 오렌지가 테이블 위에 놓여 있다. 아빠의 배려일 것이다.

"샴페인 한잔 할까? 근데 우리 여는 미성년이라서……."

"엄마, 순진한 딸을 둬서 세상 물정을 통 모르시네. 우리 반 애들은 수련회 가면 토할 만큼 마셔. 그것도 소주로. 엄마가 걱정할까 봐 내가 음주 가무를 즐기지 않은 거야. 나중에 한꺼번에 하려고 음주 욕구를 모아 뒀어."

"그래, 잘했어. 엄마는 학생답게 행동하는 게 좋더라. 나중에 누리고 지금은 지킬 거 지키면서 하지 말라는 건 안 하는 게 좋아. 그게 안전해. 내가 너무 고지식한 말 했나?"

"엄마니까 그렇지. 자, 예쁜 잔에 따라 드릴게요."

챙! 잔 부딪치는 소리가 맑게 울려 퍼졌다.

말도 없이 두 잔을 마셨나 보다.

"엄마가 우리 여여 이름 지을 때 얘기 해 주었던가?"

"나 참, 백번도 더 들은 이야기잖아."

"그럼 이번에는 네가 엄마한테 이야기해 줘. 네 이름이 왜 여여인지."

"왜, 시험 보시게? 좋아, 얼마든지. 음…… 나는 엄마 성을 받아서 김가이고요, 하늘에서 뚝 떨어진 어여쁜 소녀에게 엄마는 여여라는 이름을 지어 주었어요. 한자로는 '나 여(余)' 자에 '너 여(汝)' 자가 붙어서 여여죠. 나 먼저 챙기고 다른 사람도 챙겨 주라고 여여가 된 겁니다. 덕분에 소녀는 친구 관계가 좋고요, 다른 사람도 잘 챙깁니다. 가끔 자신을 잘 못 챙기는 게 흠이지만 차차 나아지겠죠. 됐어? 만점이지?"

"응, 그래, 만점이야. 여여, 그 이름처럼 살면 돼. 언제나 자기 자신이 제일 소중해. 자신이 소중하면 자기 몸과 마음을 아무렇게나 하지 않아. 엄마가 있든 없든, 가난하든 넉넉하든, 슬프든 기쁘든, 언제나 소중하게 귀하게 자기 몸과 마음을 위해 주어야 해. 그러면 좋은 사람은 저절로 되는 거야."

슬슬 짜증이 나기 시작했다.

"엄마, 새삼스럽게 왜 그래. 그런 소리 백번도 더 했다니까."

"알았어. 엄마가 나이가 드니까 걱정이 많아지나 보다. 미안!"

엄마가 있든 없든……. 그 말이 귓가에서 떠나지 않는다. 엄마가 저런 말을 하는 건 엄마가 없을 때를 염두에 둔 게다. 그쯤은 나도 안다.

"여긴 왜 이렇게 버튼이 많지?"

엄마의 관심을 다른 데로 돌리고 싶어서 사이드 테이블에 붙은 버튼을 눌러 보기 시작했다.

"이건 침대 쪽 조명, 이건 현관 조명, 이건 알람, 여기 음악도 있네!"

음악 버튼을 누르자 음악이 흐르기 시작했다. 귀에 익은 실내악 곡이다. 엄마도 내 마음을 눈치챘는지, 눈을 감고 음악을 듣는다. 눈을 감은 채 음악에 맞춰 몸을 좌우로 흔드는 엄마를 보며 샴페인을 한 모금 더 마셨다. 술은 이런 거로군. 얼굴이 화끈거리고, 좋아하는 사람과 손이 닿을 듯 가까이 앉아 있을 때처럼 가슴이 콩

닥거리고.

오늘 이 방에 우리 모녀가 이렇게 마주한 것은 무슨 의미일까. 내 멋대로 그 의미를 파헤쳐 보기로 한다. 아빠 이야기를 안 할 수는 없겠다. 아빠가 선물한 호텔 방에 있으니 아빠 이야기를 하는 게 당연하지 않은가?

"엄마, 아빠가 원망스럽진 않아?"

엄마는 눈을 뜰 듯 눈꺼풀을 떨었지만, 눈을 뜨진 않았다.

"뭐 별로."

"보고 싶지도 않아?"

"응, 별로."

"뭐 하고 싶은 말은 없어?"

"하고 싶은 말이라……. 꼭 아빠처럼 묻네?"

엄마는 결국 눈을 뜨고는 샴페인을 한 모금 마시고, 갑자기 과일 바구니의 오렌지를 꺼내 껍질을 벗기기 시작했다. 말하기가 그렇게 거북한가. 그래도 나는 기다려야겠지. 오렌지 껍질을 벗겨 과육만 발라낸 엄마는 나에게 내밀었다.

"여여, 모든 건 지나가. 엄마가 누군가를 만나 사진을 찍으면 그때 그 감정이 사진에 남아. 그런데 그 감정을 기억한 채로 그 사람을 나중에 만나면, 사진 속 사람이 아닐 때가 많아. 사진을 찍을 때는 내 가슴을 뛰게 한 사람인데 나중에 다시 만나면 시시할 수도 있어. 그 반대일 수도 물론 있지. 분명한 건 지나가고 흘러갔다는 거야. 아빠도 옛 사진 속 사람이야. 그 시절이 지나갔어. 그러니 지나간 시절에 매달리는 건 내가 평생 해 온 작업과 어울리지 않아. 사람은 그 사람이 하는 일과 닮게 되거든."

"과거에 매달리지 않는 게 엄마다운 거라고 치고. 근데, 왜 아빠는 사진에도 남아 있지 않아? 엄마랑 아빠랑 사랑했던 시절을 사진에 담아서 나한테 보여 줬어야지. 그래야 나도 엄마 아빠의 사랑 속에 태어났구나, 생각할 거 아냐?"

"너도 누군가를 사랑하다가 헤어지면 이해할 거야. 이별을 결심한 뒤에는 사진이든 추억이든 다 지워 버리고 싶었거든. 그래서 아무것도 남아 있지 않은 거야."

나의 사랑과 엄마의 사랑을 비교할 수는 없겠지만, 그래, 나도 시리우스와의 모든 걸 지워 버리고 싶었다. 그리고 지금도 지우는 중이 아닌가. 엄마도 나처럼 울고, 나처럼 무언가를 찢고, 욕하고, 가슴 한가운데가 쪼개질 듯 아파서 혼자 헉헉대고 그랬을 거야.

"엄마와 아빠는 헤어졌지만, 우리 여여가 사랑 속에 태어났다는 사실만은 변함없어!"

엄마의 노력에 답해야 할 것 같아서 나도 목소리를 높여 말했다.

"그래, 나는 사랑 속에 태어났어. 그건 변함없어."

그래, 더 이상 이야기하지 않기로 하자.

한참이나 적막이 흐른 후에 엄마가 일어나 창가로 갔다.

"난 억울해, 진짜 억울해."

깜짝 놀랐다. 엄마 목소리가 아니었다. 탁하고 갈라진 목소리. 깊은 한이라도 서린 것 같은 소리.

"내가 이렇게 병에 걸린 거 말이야. 난 나름대로 착하게 살았는데, 게으름 부리지도 않고 열심히 살았는데, 그런데 왜 병에 걸려야 하는 거지? 아직 하고 싶은 일도 많은데, 왜 벌써 그만 살라는 거야? 더구나 나한텐 지켜 줘야 할 어린 딸도 있는데. 정말 억울해!"

아파서 입원하고 삶이 얼마 남지 않았다는 걸 알고 난 후, 엄마가 저런 말을 하는 건 처음이다. 엄마는 언제나 죽음에 초연했는데, 심지어 늙지 않은 모습으로 죽을 수 있어서 좋다고까지 했는데, 그런데 엄마도 마음 깊은 곳에서는 그런 게 아니었구나. 지금이 엄마의 솔직한 모습이구나. 이런 때는 뭐라고 해야 하나. 엄마와 함께 하늘을 원망해야 하나? 같이 끌어안고 울어야 하나? 그래서 달라질 수만 있다면, 그래서 엄마가 아프지 않을 수만 있다면! 엄마, 우린 이제 무얼 할 수 있는 거야?

나의 무기력한 침묵이 안쓰러웠나, 엄마는 치익, 소리가 나게 커튼을 닫았다가 열었다. 베이지색 커튼이 눈앞을 가렸다가 다시 검은 창이 드러났다. 나도 공기를 바꿀 무언가를 해야 했다.

"엄마, 커피? 녹차? 둥굴레차?"

억울한 엄마를 위해 냉장고를 열고 생수병을 꺼냈다. 전기 주전자에 물을 붓고 버튼을 눌렀다. 우유부단한 엄마는 이번에도 선택을 못 하고 있다. 엄마가 다가왔다. 나보다 키가 작은 엄마. 내 턱쯤에 걸린 엄마 눈에서 반짝이는 것이 굴러 나왔다.

"여여, 미안해. 알지? 모든 게 다 미안해. 너에게 무거운 짐 지우고 살게 한 거 미안해. 그리고 너 혼자 인생길 헤쳐 가게 할 것 같아서 그것도 미안해. 다 미안해. 엄마도 알아."

나 참, 기가 막히다. 원래 엄마가 자식을 안아 주어야 하는 거 아닌가. 왜 우리 엄마는 막판에는 꼭 내가 엄마를 안아 주어야 하는 상황으로 몰고 가는지 모르겠다. 나는 엄마를 안고 토닥토닥 어깨를 두드렸다. 토닥이는 박자에 맞추어 내 가슴속에서 자장가가 흘러나왔다.

'자장자장 우리 엄마, 잘도 잔다 우리 엄마. 걱정하지 말고 주무세요. 엄마 딸 김여여는 잘 살 거예요. 나를 아빠 모르는 아이로 낳아 줘서 고맙고요, 자장자장, 이렇게 철들게 해 줘서 고마워요. 자장자장, 우리 엄마 자장자장……. 고마워요, 진저리 나게 고마워요. 우리 엄마 잘도 잔다, 자장자장…….'

주전자는 쉬이익 끓어올라 하얀 수증기를 풀어 우리를 한 바퀴 감싸더니 톡, 소리를 내며 버튼을 제자리로 밀어 올렸다. 토닥임을 멈추고 엄마의 몸을 살짝 떼어 침대에 앉혀 주었다. 그래, 둥굴레차를 타자. 결국 모든 건 내가 선택하고 내가 결정해야 하는군. 쯧쯧, 안됐다, 김여여.

둥굴레차가 꿀차라도 되는 듯 쩝쩝 입맛을 다시며 달게 마신 엄마는 눈물이 마르지 않은 채로 나를 보고 활짝 웃었다. 저렇게 활짝 웃으니 전혀 아픈 사람 같지 않다.

엄마는 침대에 누워 눈을 감더니 말했다.

"여여, 엄마 이불 덮어 줘. 알지? 발은 나오게."

엄마는 발에 열이 많은지 늘 발을 내놓고 잤다. 그런데 수술 후에는 양말까지 신고 주무시더니 다시 발을 내놓겠다고? 그럼 엄마가 몸이 나아진 건가? 그럴지도 몰라. 오늘 밤만 해도 엄마는 말투며 행동이며 아프기 전과 크게 다르지 않잖아?

엄마 발목까지만 이불이 오도록 아랫단을 접어 이불을 덮어 주었다. 두 손을 가슴에 가지런히 올린 엄마는 벌써 잠이라도 든 걸까. 눈도 깜빡이지 않는다. 다만 눈 아래 다크서클이 진하다. 만화에서라면 저 다크서클을 주인공 발목까지 죽죽 내려 긋겠지. 엄마의 다크서클은 지금 그 정도로 진하다. 죽을 만큼 좌절하거나 아니면 영원히 잠든 만화 주인공처럼.

내가 언제 잠이 들었더라. 엄마의 다크서클을 내려다보다가 불을 껐지. 그리고 옆 침대에 잠시 앉아 있었던가. 어두운 창밖으로 검은 강이 흐르고, 멀리 다리를 건너는 자동차 불빛이 이따금 보였던가. 이튿날 아침, 눈을 떠 낯선 천장을 보았을 때 엄마 목소리가 들렸다.

"굿 모닝!"

엄마는 옆얼굴을 보이며 머리를 빗어 올리고 있었다. 보고 있지도 않으면서 엄마는 내가 깨어난 걸 어찌 아셨을까? 머리를 다 빗은 엄마가 나를 지긋이 바라보았다.

"……우리 엄마 잘 잤구나. 얼굴 보니까 엄마, 푹 잘 잤네……."

맛집을 방문한 텔레비전 리포터처럼 발랄하게 말하고 싶었는데 마음과 달리 내 말은 연극 대사의 독백같이 나왔다.

"응, 잘 잤어. 잘 자고말고."

어젯밤보다 다크서클이 더 진해져 버린 엄마는 활짝 웃었지만 곧 미간을 찡그리고 웃음을 멈추었다. 아무래도 암이란 녀석은 입술 끝을 끌어 올리는 일조차 방해하는 모양이다. 몸을 일으켜 창가로 다가서다 깜짝 놀랐다. 언제 이렇게 눈이 많이 내렸지?

"원래 첫눈은 아무도 모르게 살짝 내리는 거래. 그런데 첫눈 치고는 꽤 많이 왔지?"

밤사이에 세상이 달라져 있었다. 창밖 강변과 나뭇가지에 소복하게 쌓인 눈. 창틀을 그대로 떼어 내 크리스마스카드에 붙이고 싶은 풍경.

"우리 아침 먹어야지?"

소풍 가는 꼬마들처럼 엄마 손을 잡고 앞뒤로 크게 흔들며 복도를 걸었다. 그렇게 즐겁고 싶은 마음. 호텔 식당 창은 넓어서 앞산이 성큼 다가와 안을 들여다보는 것 같았다.

"와, 눈이 많이 왔네. 완전 설산이야."

호텔 방은 강변 쪽이라 눈이 이렇게나 많이 온 걸 실감하지 못했다. 하얀 산은 매우 낯설었지만 아름다웠다. 아침 햇살을 받자 하얀 산은 형광 빛을 띤 흰색으로 빛나기 시작했다. 저 두렵고 신비한 흰빛으로 우뚝 솟아 인간을 내려다보았으니, 사람들이 설산을 경외했던 거야. 미래는 아마 저렇게 다가올 것이다. 낯설고도 두렵게, 그리고 경이로울 만큼 아름답게. 엄마도 나와 같은 생각이었을까. 우리는 죽을 먹고, 빵에 버터를 바르고, 주스를 마시면서 아무 말도 하지 않았다. 다만 설산만 바라보았다. 낯설고도 아름답게 다가올 미래만 바라보았다.

24. 엄마의 유언은 짧기도 하다

어째 좀 드신다 했더니, 결국 엄마는 오전 시간을 토하는 일로 다 보냈다. 기진맥진해진 엄마가 침대에 누웠다. 화장실에 들어가니, 세면대에는 미처 처리하지 못한 엄마의 초록색 위액이 남아 있었다. 그 위에 간간이 거품이 떠 무늬를 이루고 있었다. 고통이 남긴 무늬는 의외로 아름다웠다. 수돗물을 틀어 위액을 씻어 내렸다.

"나, 이제 기말고사야. 이 주 동안은 엄마 보러 가지 않을게. 괜찮지?"

"그럼, 괜찮지. 현실에 충실한 건 언제나 좋은 거야."

거기까지 말한 엄마는 더 이상 말이 없었다. 가방을 챙기다가 엄마를 보니 엄마는 나를 보고 있었다.

"여여, 이리 와 봐."

침대 끝에 걸터앉았더니 엄마는 옆자리를 톡톡 두드렸다.

"왜 또? 무슨 잔소리 하려구?"

"응, 또 잔소리하려구."

엄마 옆에 앉자, 엄마는 내 가슴 쪽으로 손을 내밀었다.

"왜? 또 찌찌가 얼마나 컸나 보려고?"

"아니, 아니야. 너, 엄마가 여기 뭐가 있다고 했지?"

"여기? 내 안에? 아, 빛이 있다고 한 거?"

"그래, 네 안에는 빛이 있어. 마음을 가라앉히고 생각을 모으면 어디로 가야 하는지 어떻게 해야 하는지 그 빛이 답을 가르쳐 줄 거야. 어둠 속에 있을 때도 빛은 너를 이끌어 주고, 네가 밝음 속에 있을 때도 반짝이면서 잘하고 있다고 알려 줄 거야. ……네 안에 살고 있는 그 빛을 뭐라고 하면 좋을까?"

이름 짓기 좋아하는 엄마를 위해 골똘히 생각을 모았다.

"음, 발광 바이러스는 어때? 빛을 내는 바이러스가 내 안에 살고 있는 거야."

"오, 역시! 우리 여여는 천재라니까. 그래, 네 안에 있는 발광 바이러스. 그걸 잊으면 안 돼. ……엄마는 오래오래 살아서 우리 여여가 대학생 되는 것도 보고 싶고, 남자 친구 사귀는 것도 보고 싶고, 짝사랑하는 거, 남자에게 차여서 괴로워하는 거, 웨딩드레스 입은 거…… 다 보고 싶긴 해. 그런데 여여 안의 발광 바이러스가 여여를 이끌어 줄 테니까 못 봐도 본 거나 마찬가지야. 좋은 남자에게 이끌어 줄 거고, 좋은 스승에게 이끌어 줄 거야. 여여에게 꼭 맞는 일로 여여를 이끌 거야. 엄마는 여여의 발광 바이러스를 믿기 때문에 아무 걱정 안 해."

"엄마, 또 이상한 소리 한다. 건강해져서 내가 남자한테 차이는지, 내가 남자를 차는지 봐야지 왜 못 볼 거라고 생각해?"

"아니, 못 볼 거라고 생각하는 게 아니라니까. 우리 여여가 영원히 빛나는 존재라는 걸 엄마는 이미 다 알고 이미 다 보고 있는걸. 발광 바이러스가 있으니까 여여는 잘못된 길이나 위험한 길로는 절대 안 가. 못 가는 거야. 그래서 엄마는 하나도 걱정 안 해."

"아이고, 알았어요. 엄마, 뭐가 뭔지 잘 모를 때는 마음을 가라앉히고 내가 주문을 외울게. 발광 바이러스야, 빛나라, 얍!"

나는 "얍!" 소리에 맞추어 마치 요술 봉을 든 듯이 과장되게 팔을 휘둘렀다.

"오, 그래, 그 주문 좋다. 빛나라, 발광 바이러스야, 얍!"

엄마도 요술 봉을 휘두르듯이 팔을 휘두르며 주문을 외웠다.

유언은 죽을 때 처음으로 하는 말이 아니다. 평소에 하는 말이 유언이 되는 거야.

발광 바이러스야, 얍! 엄마의 유언은 짧기도 하네.

25. 저마다의 오체투지

시험이 좋지도 않지만 싫거나 나쁘다고 생각한 적도 없다. 시험은 당연히 거쳐야 하는 과정일 뿐. 그러면서도 전에는 시험을 잘못 보았다고, 점수가 나쁘다고 얼마나 동동거렸던가. 그런데 이번에는 시험 점수가 하나도 궁금하지 않다. 등수도 알고 싶지 않아.

"엄마, 나 시험 망쳤어!" 하고 호들갑을 떨며 엄마에게 투정하던 날은 이제 와 생각하니 얼마나 행복한 날이었는지. 나는 이제 시험이 별로 중요한 것 같지 않다. 시험이 세상에서 제일 중요한 아이는 행복한 아이임에 틀림없다.

시골집에 가기 전에 외삼촌 회사에 들렀다. 외삼촌은 엄마가 좋아하던 음식이라며 봉지를 내밀었다.

"만두야. 여기 육수가 든 그대로 냄비에 넣고 끓여서 엄마랑 같이 먹어. 이 만두 가게 국물이 시원하다고 엄마가 예전에 좋아했거든."

올 때마다 고요했던 마을이지만, 오늘은 더 조용한 것 같다. 대문은 열려 있었다. 집 안으로 들어서자 툇마루에 앉아 있던 무 할머니가 입가에 쉿, 하고 손가락을 갖다 댔다.

"잠든 거 같아. 요즘은 통 기운을 못 쓰네."

"많이 아파하시진 않아요?"

"왜 안 그러겠어. 진통제로 하루하루 가까스로 넘기지."

"제가 엄마랑 있을게요. 내일 저녁에 서울 가기 전에 모시러 갈게요. 가서 좀 쉬세요."

"그려. 딸이 왔으니까 서울댁이 기운 좀 차리면 좋겠네."

조금씩 어두워지고 있는 방. 엄마 머리맡에 앉았다. 다리가 저려 올 즈음 엄마는 감은 눈꺼풀을 파르르 떨더니 눈을 뜨고 나를 보았다. 빙그레 웃는 엄마. 그 웃음은 '우리 여여 왔네.'라는 뜻이었다.

시간이 얼마나 지났을까. 외삼촌이 준 만둣국을 세 번이나 데웠다. 국물이 졸아서 물을 붓고 다시 끓였고 만두 두 개는 이미 퍼져서 터져 버렸지만 해가 지는데도 엄마는 눈을 뜨지 않았다. 먹는 게 없으니 화장실도 가지 않는구나. 네 번이나 엄마 코밑에 손을 대 보았다. 숨 쉬느라 가슴이 올라갔다 내려갔다 하는데도 불안했다. 엄마는 앓는 소리도 내지 않았고, 멀리 개 짖는 소리 하나 들리지 않았다. 불도 켜지 않은 방에서 휴대 전화를 열어 문자를 썼다.

아빠, 엄마가 많이 아파요. 설마 이 고요가 제가 앞으로 계속 감당해야 하는 종류의 고요는 아니겠지요? 제발 아니라고 대답해 주세요. 아빠, 나는 두려워요.

전송 버튼을 눌렀다. 한참 지나서 내 휴대 전화에 불이 들어왔다. 문자는 아빠네 동네까지 들렀다가 오느라고 늦었을까. 나는 도착한 문자 메시지를 읽었다.

아빠, 엄마가 많이 아파요. ……아빠, 나는 두려워요.

*

"엄마, 힘들어도 먹어야 해. 그래야 약을 먹을 수 있지. 이거 엄마가 좋아하던 거라고 외삼촌이 보낸 만둣국이야."
누워 있던 엄마는, 내가 일으키는 대로 일어나 앉았다.
"그래, 그러자. 내가 밥을 먹어야 우리 여여도 밥을 먹지."
엄마는 만둣국에 밥을 두어 숟가락 말아 입으로 가져갔지만 삼키는가 했더니 곧 토하고 말았다.
"미안, 엄마는 나중에 먹어야겠다. 그래도 너는 먹어야 해. 얼른 먹어."

휴지로 입가를 닦으며 엄마는 다시 자리에 누웠다. 돌아누운 엄마의 눌린 뒷머리가 내 눈물에 흐려졌다.

"나, 마루에서 먹을게. 걱정 마."

엄마는 돌아누운 채, 고개를 끄덕였다. 엄마는 죽은 듯 누워 있는데, 눈 뜰 힘조차 없어 보이는데, 그 앞에서 무얼 어떻게 삼킨단 말인가. 밥상을 들고 마루로 나왔다. 엉덩이가 시릴 만큼 마룻바닥이 차가웠지만, 마음의 온도에 비하면 아무것도 아니었다. 밥 한 숟가락을 푹 떠서 김에 싸 우걱우걱 씹다가 꿀꺽 삼켰다. 눈물이 입 안으로 흘러들었다. 이렇게 짠데도 왜 목이 메는 걸까. 엄마가 못 삼킨 만둣국을 내가 삼킬 순 없다. 나는 맨밥 한 공기를 꾸역꾸역 다 먹었다. 마을도 방 안도 여전히 조용하기만 했다.

갑자기 왜 그 생각이 났을까. 설거지를 하다 말고 부엌 바닥에 퍽퍽, 소리 나게 엎드려 가며 티베트 승려처럼 오체투지를 했다.

세 번, 네 번…… 일곱 번! 무릎이 얼얼했다.

엄마도 지금 나름대로의 오체투지를 하고 있는 거야. 신 앞에서 온몸의 기를 모아 기도하고 있는 거야. 나를 위해서, 우리를 위해서 엄마는 최선을 다하고 있는 거야. 나는 완성의 숫자라는 열두 번에 맞춰 오체투지를 했다. 그 덕분일까, 다시 그릇을 헹구고 싱크대를 정리하는데 눈물이 멈추었다.

한 끼는 억지로라도 먹었지만, 그다음부터는 나도 음식을 삼킬 수 없었다. 이틀 동안 엄마는 죽 두어 숟가락과 물만 삼켰다. 그것도 대부분은 토해 버렸다. 엄마가 오래오래 곁에 있어 주길 원했지만 이젠 아니야.

하느님, 엄마를 데려가서도 좋아요. 엄마를 편안하게만 해 주신다면 하느님 뜻대로 하세요. 그곳에 고통이 없다면, 그렇다면 엄마를 데려가세요.

나아지지 않는 엄마를 두고 온다는 것은 괴로운 일이다. 그런데 마음이란 사악하기도 하지. 한편으로 최대한 빨리 집으로 오고 싶기도 했다. 숨 쉬는 것조차 힘들어하는 엄마를 지켜본다는 것 자체가 너무도 고통스러워서였다.

집에 와서 라면을 끓였다. 엄마 생각에 첫술은 목에 걸렸지만, 치즈를 하나 꺼내 국물에 넣자 그다음부터는 먹을 만했다. 라면 한 개를 다 먹다니, 엄마에게 미안했다. 나는 나쁜 딸이다. 이 시간에도 엄마는 물 한 모금 못 넘기고 있는데…….

엄마는 말했지. 모든 사람은 불치의 병으로 죽는다고. 하지만 아니야. 엄마가 틀렸어. 암이든, 노환이든, 다른 병이든, 모든 사람은 불치의 병으로 죽는 게 아니라 굶어 죽는 거야. 사람은 결국 못 먹어서 죽는 거야.

26. 엄마의 마지막 외출

약을 챙겨 가지고 다니는 세미의 영향일까, 엄마가 많이 아파서 일까, 요즘 부쩍 몸에 민감해진 것 같다. 점심시간에는 밥맛도 없고 몸이 으슬으슬했다. 감기인가? 오후에 조퇴 신청을 했다. 내 이마를 짚어 본 선생님은 그러라고 하셨다.

"목이 부었네."

입을 벌리게 한 후 나무 막대를 넣어 목을 살펴본 의사는 대수롭지 않게 말하고는 처방전을 써 주었다. 목이 부으면 엄마는 따뜻한 물에 굵은소금을 풀어 양치질을 하게 했지. 꼴꼴꼴꼴 소리 내어 목 깊숙이 소금물을 닿게 하라고 옆에서 나를 지켜보던 엄마. 이제

나는 그런 일도 혼자 해야 하나.

왜 이렇게 무기력한 걸까. 병원 아래층에 있는 약국에 들르는 것
도 귀찮아 바로 집으로 향했다. 약이야 내일 지어도 될 것이다. 아
파트 앞 건널목에 도착하니 파란불이 거의 꺼져 가고 있었다. 넓
지도 않은 길이니 뛴다면 충분히 건너겠지만, 그럴 마음이 없었다.
오늘 나는 왜 이렇게 힘이 들까 생각하느라 또 한 번의 파란불을
그냥 보냈다. 터덜터덜. 오늘 내 걸음은 말 그대로 터덜터덜이다.

삑삑삑삑 —. 번호 키를 눌러 문을 열었을 때, 현관에는 외삼촌
의 커다란 신발이 보였다. 옆에는 엄마의 슬리퍼. 시골집에서 신는
슬리퍼. 현관문 소리를 들은 삼촌이 안방에서 나왔다.

"여여 왔구나. 엄마 오셨다. 내일 병원 모시고 가려고."

손 먼저 씻고 안방에 들어갔다. 엄마는 요를 깔고 누워 있었다.
내가 들어가도 눈을 뜨지 않았다. 머리맡에는 쟁반에 죽 그릇과 물
컵이 놓여 있다. 엄마 옆에 앉는데 저절로 무릎이 꿇어졌다. 엄마
얼굴이 지난번과 다르다. 혈색이 점점 나빠지고 있는 건 알았지만
오늘의 엄마 얼굴은 뭐라고 할까, 살아 있는 사람의 얼굴색이 아니
야. 파래진 눈언저리와 입술, 더 검어진 손. 주글주글 세로 줄무늬
를 만들며 늘어진 피부. 작은 신음 소리와 파르르 떨리는 눈꺼풀이
엄마가 아직 살아 있다고 말해 주었다.

"엄마, 나야."

엄마는 힘겹게 눈을 뜨고 나를 보더니 다시 눈을 감았다.

"응, 왔어……?"

"엄마 병원에 가야 한대."

"그래, 가야지. 트리밍 해서 사진 넘겨야지."

나는 병원을 말했는데, 엄마는 신문사로 답한다.

"병원 가는 거야."

"그런데 어쩌지? 사진을 아직 정리 못 했는데. 그냥 처음에 한 걸로 줘야지 뭐."

엄마는 눈을 감은 채 중얼대듯 말했다.

"엄마!"

엄마는 더 이상 대답이 없었다. 이어지는 연약한 신음 소리. 거친 숨소리. 아무래도 엄마는 정신이 혼미한 모양이다. 엄마, 지난번처럼 배에 찬 복수를 빼고 나면 다시 괜찮아질 거지? 그치? 엄마, 설마……?

안방을 나오자, 번호 키 누르는 소리와 함께 담배 냄새를 몰고 외삼촌이 들어섰다. 밖에 나가서 담배를 피웠구나. 눈이 빨갛다. 삼촌, 울었구나.

"여여, 엄마가 많이 아픈 것 같아. 물 한 숟가락만 삼켜 줘도 좋겠다. 아무래도 며칠 못 넘길 것 같아……."

삼촌의 빨간 눈에서 결국 눈물이 흘러내렸다. 내 방으로 들어가려는데 문손잡이를 찾을 수가 없다. 눈물 때문에 아무것도 보이지 않는다.

어떻게 해, 어떻게 해, 이제 어떻게 해, 나는 어떻게 해…….

책상에 앉아 다이어리를 아무 데나 펼쳐 계속 그 말만 썼다. 아무 생각도 할 수 없었다.

저녁 식사 시간이 지났다. 목이 마르지도 배가 고프지도 않다. 외삼촌은 무얼 하고 계실까. 작은방으로 들어가자 외삼촌은 등을 돌린 채 헤드폰을 끼고 있었다. 쿵쾅거리는 록 음악이 헤드폰 밖으로 비어져 나왔다. 외삼촌 어깨에 손을 얹자 삼촌은 돌아보지 않은 채 헤드폰만 벗었다.

"여여니? 삼촌 잠시만 이러고 있을게."

작은방 문을 닫아 주고 거실로 나왔다. 밖의 불빛이 비쳐 들어 아주 어둡지는 않은데, 불을 켜야 하나. 온 집 안에 무겁게 내려앉아 버티고 있는 이 알 수 없는 종류의 공기. 이것은 아마 슬픔이라는, 혹은 죽음이라는 이름의 공기일 것이다. 안방 문을 열었다. 또 다른 공기가 가득한 방. 이 공기의 이름은, 엄마 말대로라면 억울함이라는 이름의 공기일 거야. 사십오 년 외로이 달려온 한 여성의 억울함이 서린 공기.

엄마의 거친 숨소리. 불을 켜자 엄마는 눈을 뜨려 애쓰는 것 같았다.

"엄마, 밤이야. 그냥 주무세요."

"응……."

엄마는 기운 없는 아이처럼 대답했다.

불을 끄고 거실로 나왔다. 나는 이제 무얼 해야 하나. 엄마를 대신해서 아플 수도 없고, 슬픈 외삼촌을 위로할 수도 없고, 나는 무얼 해야 하나. 나는 내가 슬픈지 어쩐지 잘 모르겠다. 나는 내가 배가 고픈지 어쩐지 잘 모르겠다. 나는 내가 나인지 누구인지 잘 모르겠다.

어젯밤에 엄마 곁에 잠시 눕긴 했었다. 그런데, 그 방에 서린 공기를 견딜 수 없어 내 방으로 왔다. 그리고 언제 잠들었을까. 아침에 일어나 거실로 나가니 현관에는 외삼촌 신발이 없었다. 안방 문을 열자 엄마는 어제 그 자세대로 누워 있다. 숨소리가 더 거칠어졌나, 그런 것 같다. 엄마의 이마에 서린 끈끈한 물기. 땀인가.

"엄마, 내가 얼굴 닦아 줄까?"

엄마의 대답도 듣지 않고 따뜻한 물수건을 만들어 엄마 얼굴을 닦았다.

"살살 해, 아퍼……."

엄마는 아주 작은 소리로 말했지만, 엄마가 그런 말이라도 할 수 있다는 게 좋았다. 엄마의 손가락 하나하나를 닦는데 뜨거운 눈물이 자꾸 솟구쳤다. 엄마의 얼굴을, 엄마의 손을 다시 닦아 줄 수 있을까. 어쩌면 그럴 수 없을지도 몰라. 코에서 콧물까지 뚝뚝 떨어지는 게 느껴졌다. 코를 들이마시며 두 손을 다 닦아 주자, 눈 뜨지 않은 엄마의 얼굴에 미소가 번졌다.

"이제 가야지. 나 갈 거야."

엄마는 그 말만 하곤 다시 거친 숨만 쉬었다.

흑흑 소리 내어 울며 수건을 빨고 있는데 외삼촌이 들어왔다. 그 뒤를 따라 119 소방대원들도 들어왔다.

"여여, 삼촌이 119에 전화했다. 병원에 가야겠는데 도저히 내가 운전을 못 하겠어. 넌 여기 있다가 외숙모 오면 같이 와."

119 아저씨들은 엄마를 들것에 옮겨 누였다.

"엄마, 병원에 가는 거야. 곧 괜찮아질 거야. 걱정 마, 곧 괜찮아질……."

내가 말을 다하지 못하고 울음을 삼키는데, 눈 감은 엄마는 또 아픈 아기처럼 대답했다.

"응……."

두 손을 가슴에 단정하게 올린 모습으로 들것에 누운 엄마에게 119 아저씨들이 벨트를 둘렀다. 들것이 나가고 외삼촌도 따라 나갔다.

열려 있는 현관문을 닫지도 않은 채 의자에 멍하니 앉아 있었다.

엄마, 죽으면 안 돼. 엄마가 죽으면 나 쪽팔리잖아. 아빠도 없는데 그럼 난 고아가 되어 버리잖아. 내가 대학생 될 때까지만 살아 있어 주면 안 돼? 이런 일로 애들 눈에 띄는 건 싫단 말이야. 엄마 없는 애로 말고 다른 일로 주목받고 싶어. 그러니까 엄마, 일 년 반만 더 살아 줘. 날 사랑한다면 이러면 안 되는 거야. 여태까지도 엄마 때문에 힘들었거든? 엄마는 페미니스트에 미혼모 사진작가라고, 나 팔아서 잘만 살았잖아. 그러니 이제는 내 사정도 봐줘야 우리 서로 공평한 거 아니야? 내 말이 맞지? 엄마, 그렇다고 대답해 줘.

외숙모가 현관으로 들어섰다.

"문도 안 닫고 있었어?"

세수를 했던가, 옷을 갈아입었던가, 아무것도 모르겠다.

응급실, 이동 침대에 누운 엄마를 멀리서 바라보았다. 의사들과 간호사들이 분주히 오가며 엄마를 둘러쌌고 그 사이로 삼촌이 보였다. 영화에서처럼 심장에 전기 충격을 가하자 엄마의 상체가 펄떡, 또 펄떡 튕겨 올랐다. 모래밭에 던져져 죽어 가는 물고기 같은 엄마. 한 번. 또 한 번. 아아, 그러면 안 돼. 엄마가 놀라잖아. 우리 엄마는 겁이 많단 말이야.

두 손을 모으고 있을 때 외삼촌이 다가왔다.

"여여, 엄마한테 인사해야겠다."

엄마 손은 따스했다. 죽은 사람 같지 않아. 고통스러워 보이지도 않아. 눈언저리와 입술이 좀 보라색이긴 하지만 아플 때와 다르지 않아. 엄마 얼굴을 만져 보았다. 얼굴도 따뜻하다. 이제 엄마와 헤어지는 건가? 이렇게 영영 이별인가?

영안실에서 온 아저씨가 하얀 시트를 엄마 얼굴까지 덮어 올리더니 침대를 끌고 갔다. 외삼촌도 따라갔다. 우리 엄마는 계산도 정확하지. 어쩌면 딱 정오에 돌아가실까. 눈물이 말라붙은 채 멍하니 서 있는데 외숙모가 팔을 잡았다.

"여여, 괜찮니?"

"네……."

"이제 우리는 영안실로 가야 해. 외숙모 말 들려?"

"외숙모, 배고파요."

"응?"

외숙모는 다시 물었다.

"뭐라고?"

"외숙모, 저…… 배고파요. 밥 사 주세요."

길지도 않은 그 말을 하고 나서 나는 울었다. 엄마가 돌아가신 게 슬퍼서가 아니라 내가 이상해서 울었다. 엄마가 죽었는데, 나는 배가 고프다. 그것도 참을 수 없을 만큼. 이건 비정상적인 거 아닌가? 엄마가 돌아가시면, 하나뿐인 자식인 나는 제정신이 아니어야 하고 식음을 전폐해야 맞다. 그런데 나는 못 견디게 배가 고프다.

나는 동물이다.

외숙모가 데려간 병원 지하 식당에서 설렁탕을 먹었다. 며칠 굶은 사람처럼 바닥까지 득득 긁어 먹었다. 참 이상도 하다. 나는 원래 국 종류는 좋아하지 않아. 그런데 설렁탕을 시키질 않나, 한 숟가락도 안 남기고 다 먹질 않나……. 입맛을 쩍쩍 다시며 설렁탕 뚝배기를 번쩍 들어 마지막 한 방울까지 들이켰다.

"꺼억!"

트림까지 하고는 자리에서 일어섰다. 앞장서서 걸어가는데, 뒤에서 외숙모가 나를 꼭 끌어안았다.

"여여, 다 알아. 네가 허해서 그래."

허해서 그래, 그 말에 다시 눈물이 났다. 나는 이제 혼자야. 내 곁에는 아무도 없어. 나는 설렁탕도 다 먹고 밥도 한 그릇 다 먹고, 힘을 내서 살아야 해. 난 혼자니까, 난 고아니까.

외숙모가 내 얼굴을 보지 못하도록 앞장서서 서둘러 걸었다. 같은 병원 안이건만 영안실은 멀기도 했다.

27. 나는 아직도 배가 고파요

인간의 능력은 참으로 무한한 게 틀림없다. 엄마 없이는 살 수 없을 것 같았는데, 나는 살고 있다. 엄마 장례식이 끝난 후 외삼촌 댁에서 사흘을 보냈다. 그동안 방학식이 있었지만 학교에는 가지 않았다. 귀여운 사촌 동생을 안아 주고, 기저귀를 갈아 주고, 장난감으로 같이 놀아 주는 일은 즐거웠지만, 외삼촌이 사촌 동생을 사랑에 겨운 눈으로 바라보는 걸 보는 게 힘들었다. 외숙모가 아들 얼굴에 쪽쪽 뽀뽀하며 예뻐서 어쩔 줄 모르는 걸 보는 게 고통스러웠다. 나도 분명 엄마 아빠에게 저렇게 사랑스러운 존재일 텐데, 왜 나에게는 그 사랑을 확인시켜 줄 엄마 아빠가 없는 건지, 억울하고 분했다. 밤에 이부자리에 누우면 그 억울함과 분함은 서러움의 눈물이 되어 귓속으로 폭포수처럼 흘러들었다.

집에 가서 혼자 지내고 싶다고 하자 외삼촌도 정화 이모도 펄쩍 뛰었다. 열여덟 살의 여학생이 혼자 사는 건 어른들에게는 불안한 일인가 보다. 식사 문제, 그리고 무엇보다 안전 문제를 걱정하셨다. 타협이 필요하다. 그래서 겨울 방학 보충 수업을 택하기로 했다. 보충 수업과 야자를 동시에 택하면 방학이어도 점심 식사와 저녁 식사는 학교에서 다 해결된다. 남는 건 안전 문제. 그래서 외삼촌께 간청했다. 2월까지만 혼자 있겠다고. 방학이어도 매일 아침 학교에 가고 집에는 밤에나 오니까 혼자 있는 시간도 별로 없다고. 아침저녁으로 전화해서 생활을 보고하면 외삼촌 댁에 사는 거나 마찬가지라고. 외삼촌은 반대하다가 결국 내 뜻을 따라 주었다.

"대신 3월부터는 우리 집에 오는 거다. 그리고 너 결혼할 때까지는 절대 독립 못 한다."

지금 같은 시대에 결혼이 독립이어야 한다니, 외삼촌은 참 고루하기도 하다.

"삼촌은 완전 할아버지야!"

말은 그렇게 했지만, 나를 키워 주고 보호해 주겠다니 고맙고 또 고마운 삼촌.

*

내가 여자애들에게 질색하는 건 툭하면 운다는 점이다. 영화 보면서도 울고, 말싸움하다가도 울고, 친구가 무시했다고 울고, 살쪘다고 울고, 별일 아닌 일에 잘도 운다. 그런데 내가 요즘 그 싫어하던 여자애들 같다. 내 몸이 커다란 눈물 항아리가 된 게 틀림없다. 그 항아리에는 스위치가 여러 개 달려 있어서, 아무거나 누르기만 하면 시도 때도 없이 눈물이 쏟아진다. 엄마가 좋아하던 노란색만 봐도, 노란색은 눈물을 내보내는 스위치가 된다. 엄마가 읽던 책 제목도 눈물 스위치가 되고, 밥을 먹다가도 초록색 위액까지 토해 내던 엄마 모습이 국그릇에 떠올라 눈물이 솟구쳤다. 하도 울어서 눈을 비비지 않아도 눈가가 쓰라렸다. 거울을 보면 눈 가장자리 피부가 붉게 짓물러 있었다.

찬바람이 불면서 붕어빵 아줌마가 나오셨다. 구수한 그 냄새를 맡을 때마다 코가 맹맹해지면서 눈물이 핑 돌았다. 엄마와 종종 들렀던 붕어빵 수레를 피해 길을 멀리 돌아 집으로 왔다.

그저께는 정말 미치는 줄 알았다. 한밤중에 잠이 깼는데, 꿈 때문이었다. 엄마가 차도에 서 있었다. 엄마는 미라 영화에 나오는 주인공처럼 온몸을 붕대로 친친 감고 있었는데, 붕대가 여기저기 풀려서 바람에 너풀거렸다. 두 눈만 퀭하니 검게 뚫린 무서운 모습으로 엄마는 택시를 잡고 있었다. 태워 달라고 붕대가 감긴 손을 흔드는데 찻길에는 택시가 하나도 지나가지 않았다. 분명 찻길 맞는데.

'엄마, 안 죽었구나! 잠시 호흡이 멈춘 거였는데 우리가 그것도 모르고 엄마를 땅에 묻었구나. 갑자기 숨을 쉬게 된 엄마가 관을 들추고 일어나 나를 찾아오려고 애쓰고 있는 거구나. 엄마 어떻게 해. 그런 모습이라 택시도 태워 주지 않을 텐데 어쩌지? 내가 갈까? 근데 어떻게 가지?'

꿈속에서 나는 엄마에게 끊임없이 소리쳤다. 엄마를 화장했다는 사실도 모르는 모양이었다. 한참을 그렇게 소리치고 버둥대며 안타까워하다가 눈을 떴을 때, 창밖은 어두웠다. 머리맡을 더듬어 휴대 전화를 보니 새벽 3시 반. 얼마나 용을 썼는지 온몸이 아팠다. 더 이상은 잠을 잘 수가 없었다. 무서웠다.

아기가 우는 것 같은 고양이 울음소리가 아득하게 먼 곳에서 들려왔다. 요괴들의 아우성이라고밖에 할 수 없는 묘한 소리도 마구 엉켜 들렸다. 누군가 잡고 돌리는 듯 현관문 손잡이도 딸깍였다. 귀를 틀어막고, 돌아눕고, 온 집 안에 불을 다 켜고, 물을 마시고, 컴퓨터를 켜고, 텔레비전도 틀고, 별짓을 다 했지만 소리는 더 크게 울리고 무서움은 가시지 않았다. 시곗바늘이 원래 이리도 느리게 움직였던가. 겨울 아침은 엉금엉금 아주 천천히 천천히 기어 왔다.

온몸에 붕대를 감은 엄마가 길 가운데로 뛰쳐나와 택시를 잡는 꿈을 연거푸 이틀 꾼 후에 나는 두 남자를 생각했다. 지금 너무 힘들다고, 나의 이 고통을 나눠 갖자고 이야기하고 싶은 두 사람. 시리우스와 서 이사.

오전 내내 망설이다가 서 이사에게 문자를 보냈다. 지금 멘토가 간절히 필요하다고. 그저 이야기만 들어 달라고. 서 이사는 한가했던 걸까, 아니면 멘티에게 특별히 시간을 내준 걸까? 몇 번 문자를 주고받은 끝에, 저녁에 학교 앞에서 만나기로 했다.

"무슨 일이 있든 공부는 집중해서 해야 한단다. 그리고 부모님께는 늦는다고 미리 말씀드리렴."

아빠가 정말 올까. 수학 한 문제를 가지고 한 시간도 넘게 풀었다. 지수와 로그는 분명 쉬운 문제인데도 문제 하나 읽는 데 오늘은 수십 분이 걸렸다. 아빠는 어떤 마음을 가지고 내게 오는 걸까. 수열 문제를 풀다가 멍하니 있는 자신을 발견하고 나 혼자 또 화들짝 놀란다. 아빠는 내 마음을 알까. 무한을 향해 뻗치는 나의 마음. 내가 풀고 있던 문제의 조건도, 무한을 향해 수렴한단다.

야자가 시작되기 전, 조퇴 허락을 받고 교문을 나왔다. 서 이사는 교문 앞에 서 있었다.

"안녕하세요."

"응, 반갑다. 근데 키가 더 큰 것 같네?"

서 이사는 나에게 손을 내밀어 악수를 청했다.

갑자기 서 이사라는 어떤 사회적인 인물과 동급의 어른이 된 것 같다.

"자, 공부하느라 고생했으니 아저씨가 어떻게 해 줄까? 여여 군이 배고플까 봐 샌드위치와 따뜻한 차는 준비했고, 아저씨는 여여의 이야기를 듣기 위해 강변으로 갈까 하는데, 어때?"

"네, 좋아요. ……근데 서 이사님을 아저씨라고 부를까요? 아님, 멘토니까 스승님?"

"뭐라고 부르고 싶어? 여여가 부르고 싶은 호칭이 있을 것 같은데?"

콜라를 잘못 마신 것도 아닌데, 코가 쌔,해지더니 눈물이 핑 돌았다. 부르고 싶은 이름 있어요. 아빠라고 부르고 싶어요. 그러나 그 말은 해서는 안 되는 말. 침을 한 번 꿀꺽 삼키고 말했다.

"사부님이라고 부를게요. 우리나라는 옛날부터 군사부일체였다면서요."

"난 좋지만 여여 군 아빠가 서운해하시지 않을까?"

목에 뜨거운 덩어리가 걸리면서 대답이 궁해졌다.

"저, 저기…… 괜찮으실 거예요. 오히려 좋은 스승을 구한 걸 기뻐하실걸요."

"좋은 스승이라……. 갑자기 어깨가 무거워지는걸. 여여 군, 이건 분명히 말해 둘게. 어떠한 경우가 생겨도, 이를테면 내 생명에 위협이 되는 엄청난 일만 아니라면 여여 군의 도우미가 되어 줄게. 이건 진심이야."

서 이사가 그 말을 마쳤을 때, 건너편 자동차의 헤드라이트가 차 안을 비춰서 서 이사와 나는 빛 속에 갇혔다. 동그란 빛 속에 갇힌 두 사람. 이렇게 빛 속에 있는 우리. 당신은 내 아빠인 게 틀림없어요. 당신이 알든 모르든 상관없어요. 중요한 것은, 당신이 내 아버지라는 사실을 내가 알고 받아들인다는 거죠. 중요한 것은, 당신이 이렇게 달려와 주었다는 사실이죠. 당신이 나에게 도움이 되는 존재이고자 한다는 사실만으로 나는 충분해요.

겨울 날씨치고는 포근했다. 강변에는 군데군데 사람들이 보였다.
"미라와 붕대라……. 나라도 무서웠겠다. 근데 대체 그 사람이 누구야? 아저씨에게 말할 수 없는 비밀인가? 아차차, 오늘은 듣기만 하기로 해 놓고 내가 또 이런다."
"……."
눈물을 억지로 참으면 처음에는 코가 맵지만 나중에는 머리가 아프고 가슴도 쪼개질 듯 쓰리다. 그 인내의 전이 과정을 알게 된 지는 나도 얼마 되지 않았다. 오늘도 그런 날. 이 악물고 눈물을 참아야 하는 날.
"그래, 너만 한 나이 때는 죽음이 이해가 안 될 때지."
서 이사도 잠시 말이 없다. 하긴 할 말도 없을 것이다. 그런 꿈 꾸지 마라, 하기도 우습고 당분간은 밤에 자지 마라, 할 수도 없을 테니까.

"······이사님은 두려운 거 없죠?"

"음······ 두려운 거라. 왜 없겠어. 이게 두려운 건지 뭔지는 모르 겠다만, 요즘 아저씨가 밤에 잠이 안 올 만큼 신경 쓰이는 일은 인 사 문제야. 이 자리에 계속 있을지, 그만두게 될지. 원래 이사는 직 원이 아니라 임원이라고 분류하는데, 우리끼리는 우스갯소리로 임원은 임시 직원의 준말이라고 한단다. 다음 인사 철에 다시 이사 가 되지 못하면 당장 보따리 싸서 집에 가야 하거든."

"이사님은 노후 대책도 세우셨을 텐데, 뭐가 걱정이세요?"

"글쎄, 밥이야 굶지 않겠지만 이제껏 잘 견뎌 왔으니까 좀 더 오 래 자리에 있고 싶은 거지. 이것도 욕심이라면 욕심이지만, 왠지 지금 그만두게 되면 억울할 것 같아. 로열패밀리도 아닌 내가 회장 이 될 것도 아니면서 욕심과 미련을 못 버리겠네. ······이런 이런, 아름다운 세상만 봐도 부족할 꿈나무에게 내가 별말을 다 하네. 심 각하게 듣지는 마. 아저씨는 새로운 상황이 닥치면 새로운 일을 할 각오는 되어 있으니까."

아, 아빠의 요즘 고민은 직장 문제였구나. 이사라는 자리가 얼마 나 높은 자리일지, 얼마나 경쟁이 치열한 자리일지를 가늠해 보고 있는데 아빠가 일어섰다.

"여여 군, 여기 잠깐만 있어 봐."

차에 갔다 온 아빠는 A4 용지를 내밀었다.

"자, 이거 받아. 종이배 접을 줄 알지? 우리 종이배나 접자고."

나랑 무슨 놀이를 하고 싶으신 건가. 종이접기야 어렸을 때부터 좋아하던 놀이. 그중에서도 종이배는 난이도가 매우 낮다. 일단 종이를 반으로 접고 다시 절반을 접었다. 어쩌면 우리는 아주 오래전에 이런 일을 같이 했어야 하는 사이가 아닐까. 어린 시절로 돌아간 듯 갑갑하던 속이 풀어지고 있었다. 아빠는 볼펜을 내밀었다.

"자, 지금부터 우리가 떠나보내야 할 것들을 종이배에 적는 거야. 우선 여여 군의 악몽부터 적자. 그 붕대 사람을 잊자는 게 아니라 그 사람 생각을 떠나보내자는 거야. 다시 생각나면 생각하고, 또 종이배에 띄워 보내고. 생각날 때마다 그렇게 자꾸자꾸 떠나보내다 보면 마음이 덜 괴롭지. 나는 다음 인사에서 어떻게 될지 모르는 두려움을 여기에 적을게. 근데 여여 군 앞에서 사부인 내가 너무 나약한 거 아냐? 지나치게 솔직해져 버렸어. 아저씨도 체면이 있으니까, 오늘 얘기는 비밀이다."

아빠는 시험 시간에 짝이 답안지를 보지 못하게 하는 학생처럼 등을 돌리고 종이배에 뭔가를 적었다. 한 글자 한 글자 힘을 주어 가며 나도 종이배에 이렇게 적었다.

나의 뿌리여, 안녕!

그것만으로는 부족해서 더 적어 넣었다.

내가 잘못한 거 다 용서해 줘. 엄마, 잘해 주지 못해서 미안해.

'용서'라는 글자 속에, 아빠 없이 자라게 했다고 엄마를 원망했던 많은 순간이 스쳐 지나갔다. 어린 딸을 혼자 두고 일하러 잘도 다니더니 결국은 그 딸을 두고 하늘나라까지 가 버리다니, 끝까지 이기적인 엄마라고 미워했던 순간도 '미안'이라는 글자 안에 넣었다. 아픈 엄마를 열심히 간호하지 않은 일, 딸 잘 둔 보람을 안겨 드리지 못한 일, 외로웠을 엄마를 충분히 위로하지 않은 일, 어렸을 때 있었던 일들까지. '미안'과 '용서' 속에 넣고 싶은 사건은 너무도 많았다.

지난번에 전시회에서 엄마는 말했지. 죽음은 진정한 용서와 화해를 가능하게 한다고. 엄마와 나 사이에 죽음이 있으니 이제 우리 사이에는 영원한 용서가, 변치 않는 화해가 성립되려나?

"발 조심해라. 아저씨가 디딘 쪽으로만 내려와."

아빠는 앞장서서 강물이 닿을 만한 곳으로 내려갔다.

"하나, 둘, 셋!"

아빠의 신호에 맞춰 우리 둘은 종이배를 띄웠다.

"사실 강에다가 이런 짓 하면 안 되지만, 오늘은 강도 특별히 용서해 줄 거야."

종이배가 까딱까딱 흘러갔다.

"이제 올라갈래요."

종이배가 가라앉는 걸 보게 될까 봐 두려워 그만 돌아가자고 했다. 엄마는 이제 흘러갔을 거야. 아니 아니, 엄마가 흘러가는 게 아니라 엄마에게 내가 미안해하는 감정이, 엄마에게 잘못한 나의 과거가 흘러가는 거야. 내가 무서워하는 붕대 감은 엄마를 흘려보내는 것뿐, 엄마를 흘려보내는 게 아니야.

아빠는 집 앞까지 태워다 주고는 "다음에 또 연락해라."라고 했다. 작별 인사를 할 때까지, 사부님이라고 한 번도 부르지 못했다.

28. 강한 오른쪽은 눈물 따윈 흘리지 않아

아빠 차에서 막 내렸을 때, 내 그림자는 아빠 차 그림자 안에 들어 있었다. 아빠 차가 떠나자 가로등 아래 내 그림자만 홀로 섰다. 엄마도, 아빠도, 시리우스도, 어쩌면 세미도, 눈에 보이는 동반자는 결국 언젠가는 사라진다. 그렇다고 쓸쓸해할 필요는 없지. 나는 반짝이기 위해 혼자 서 있는 거니까. 그러니 혼자 선 내 그림자를 쓸쓸해해선 안 돼. 불쌍해해서도 안 돼. 하늘을 바라보니 별이 하나도 보이지 않았다.

당연하지, 내가 별인걸!

서 이사의 자동차가 사라진 뒤, 나는 한 블록 걸어 나가 붕어빵을 샀다. 아주머게 씩씩하게 인사도 했다. 내 뒤로 곧 손님이 들어오는 바람에 아주머니는 반가워만 하셨을 뿐 다행히 엄마의 안부는 묻지 않았다.

*

엄마가 말기 암인 걸 알게 된 지 58일이 된 후 엄마는 시골집으로 갔고, 그 후 123일이 지나 돌아가셨다. 그리고 엄마가 돌아가신 지는 이제 63일. 그래서 나만의 달력에서 오늘은 58 + 123 + 63일이다.

야간 자습을 끝내는 음악이 나오자, "야호!" 아이들이 소리쳤다. 오늘은 겨울 방학 보충 수업과 야자가 모두 끝나는 날. 종례 시간에 선생님은 3학년에 올라가 배정될 반을 알려 주셨다. 예상했던 대로 세미와는 다른 반이 되었다. 순간 엄마를 떠올렸다. 이 정도의 이별쯤이야 이별도 아니지 뭐. 몸까지 영원히 멀어지는 게 아니라면 이 정도 거리야 아무것도 아니다.

앞으로 짧은 봄 방학을 보내고 나면 나와 세미는 이제 대한민국고3.

"이사 준비는 다 됐어?"

"응, 내 짐은 대충 정리했어. 나머지는 외삼촌이 알아서 해 주신대."

"……."

"걱정 마. 난 외삼촌이랑 친하잖아. 외숙모가 내 방도 예쁘게 꾸 몄대. 놀러 와."

세미가 꽤 큰 분홍 봉투를 내밀었다.

"……?"

"적응에는 진통이 따른대. 너, 마음, 아플 때 먹어. 백 알을 먹을 만큼 많이 아프면 안 돼. 그래서 아흔아홉 알만 넣었어."

"그래, 그럴게."

세미의 눈에서 눈물이 두 줄기로 흘러내렸다. 세미, 너는 스네어 드럼이야. 내가 부르면 통통통, 정겹게 답하는 너. 나도 통통통, 너 의 작은북이 될게. 오른손을 들어 세미의 눈물을 훔쳐 주었다. 그 리고 일부러 씩씩하게 소리쳤다.

"에이, 무슨 방학이 사흘뿐이람. 하긴 이제 고3이니까 방학 타령 하면 안 되겠지? 잘 가, 개학 날 보자!"

세미의 대답은 듣지 않았다. 그리고 돌아섰을 때, 내 왼쪽 눈에 서도 눈물이 한 줄기 흘러내렸다. 다행이었다. 강인한 내 오른쪽에 서는 눈물이 흘러내리지 않았으니까.

너구리가 주인공인 전자오락 게임이 있었습니다. 장애물이 나타나면 너구리는 폴짝 뛰어 장애물을 넘는데 너무 높이 뛰거나 잘못 뛰면 낭떠러지로 떨어져요. 가끔 그 게임을 생각합니다. 어떤 시련은 그저 '폴짝!' 하고 살짝만 뛰어넘으면 되는지도 모릅니다. 그러면 오히려 나락으로 떨어지는 걸 막아 줄지도.

『두려움에게 인사하는 법』은, 겪어 보지 못한 일이 닥쳤을 때 생기는 두려움과 무슨 일이 벌어질까 봐 미리 두려워하는 마음에 대한 이야기입니다. '불확실성'과도 닮은 감정이죠. 깊은 슬픔도 가끔만 돌아보자고, 슬픔 안에 갇혀 버리는 건 우리를 사랑하는 사람들이 바라는 일이 아닐 거라고 생각했습니다. 아니 아니, 그렇지 않을지도 몰라요. 저도 인생에 대해서는 아는 게 별로 없거든요. 슬픔에 푹 빠지고 싶거든 그렇게 하세요. 누군가를 미워하고 싶거든 맘껏 미워하고요. 이렇게 하든 저렇게 하든 우리는 그 감정으로부터 뭔가는 배울 테니까요.

랭보라는 프랑스 시인의 "오, 계절이여! 오, 성곽이여! 상처 없는 영혼이 어디 있으랴?" 하는 시구가 여러분의 마음도 두드리나요? 그 뒤는 이렇게 이어집니다. "그 일이 지나갔다. 이제 나는 아름다움에게 인사하는 법을 알고 있다." 그래요, 그 일이 지나갔습니다. 그래서 이 글의 주인공인 여여는 두려움에게 나름대로 인사하는 법을 알게 되었을 겁니다. 우리 모두도 어떤 일이 지나간 뒤에는 나만의 인생에게 인사하는 법을 알게 되고, 우리의 '기쁜 운명'대로 다시 행복해지는 연습을 이어 갈 거라고 믿어요.

혜매는 아무개를 격려해 주라는 사명을 띠고 오셨을 황선미, 전성태, 박숙경, 오세란 선생님, 그리고 청소년 심사단의 민희원, 이영윤, 박여연, 오범진, 이승주 친구들 모두 고맙습니다. 환한 웃음으로 맞아 준 창비 편집부 분들께도 마음 깊이 감사합니다. 그리고 종이 안에서 이루어지는 여러분과의 이 깊은 인연에도 고개 숙여 감사합니다.

일상생활에서는 물론 마지막 순간까지 품위를 잃지 않으려 애
썼던 엄마에게 다시 손을 흔들며,

2012년 봄

김이윤

창비청소년문학 43

두려움에게 인사하는 법

초판 1쇄 발행 • 2012년 3월 23일
초판 24쇄 발행 • 2023년 9월 29일

지은이 • 김이윤
펴낸이 • 강일우
책임편집 • 윤자영
펴낸곳 • (주)창비
등록 • 1986년 8월 5일 제85호
주소 • 10881 경기도 파주시 회동길 184
전화 • 031-955-3333
팩시밀리 • 영업 031-955-3399 편집 031-955-3400
홈페이지 • www.changbi.com
전자우편 • ya@changbi.com